新世纪
文学观察

无题、断章与梦境

路也 著

WUTI
DUANZHANG
YU
MENGJING

山西出版传媒集团 北岳文艺出版社
BEIYUE LITERATURE & ART PUBLISHING HOUSE
·太原·

图书在版编目（CIP）数据

无题、断章与梦境 / 路也著 . — 太原 : 北岳文艺出版社，2021.8

ISBN 978-7-5378-6439-8

Ⅰ . ①无… Ⅱ . ①路… Ⅲ . ①世界文学 – 文学评论 – 文集 Ⅳ . ① I106-53

中国版本图书馆 CIP 数据核字 (2021) 第 174704 号

无题、断章与梦境

路也◎著

//

著　者
路　也

责任编辑
王朝军

书籍设计
张永文

印刷监制
郭　勇

出版发行：山西出版传媒集团·北岳文艺出版社
地址：山西省太原市并州南路 57 号　邮编：030012
电话：0351-5628696（发行部）　0351-5628688（总编室）
传真：0351-5628680
网址：http://www.bywy.com　E-mail：bywycbs@163.com
印刷装订：山西新华印业有限公司

开本：787mm × 1092mm　1/16
字数：162 千字
印张：12
版次：2021 年 8 月第 1 版
印次：2021 年 8 月山西第 1 次印刷
书号：ISBN　978-7-5378-6439-8
定价：45.00 元

目录

第一辑　读诗

第二辑　读散文读小说

第三辑　文本内外

第一辑

读　诗

无题、断章与梦境

——以田原的诗歌为例

在旅日诗人田原的创作中，出现了相当数量的无题之作、断章之作，以及仿佛尚未来得及装订成册的散页式的梦境之作。这种类型的诗歌在他的创作中早已有之，只是近几年来越写越多，竟渐成规模。

他写过不少无题诗，像《无题》《无题 1 号》《无题 2 号》《无题 3 号》《无题 4 号》《无题 5 号》等,他还写过《断章》。其实所谓断章，读起来在形式和内容上也类似于无题诗……他的无题诗，他的断章，篇幅都比较长，每一首的内部又用阿拉伯数字来做小标题，把整部诗篇分成了一个又一个相对独立的单元或小节。在他的诗中，与梦境有关的——无论是一整首诗还是散落在《无题》《断章》里的个别段落——非常繁多，仅从诗的标题来看，就有《梦》《梦中的树》《梦死》《梦死二号》《梦中的河》《梦境三号》《梦境之四》《对一个梦的追述》《梦与青海》，而其中一本诗集直接就叫《梦蛇》……这些与梦境相关的诗，与诗人的无题诗和断章诗彼此之间在外在形式上当然有一些区别，但也有着重要的相似之处，它们都是以不完整的片断的形式存在的，同时在内容上和本质上更有相似之处——它们都是在最大限度地关注、挖掘并记录一个诗人的记忆、潜意识、白日梦或者冥想。

至于无题诗，古今中外都有。《诗经》里的诗其实原本都没有标题，都可算是无题诗，完全可以把标题定为《无题》再加上编号，只是后人根据首句两个字来取了个标题。同样《古诗十九首》原本也都是没有标题的诗，也可算作无题诗，也是后人为识别方便而用第一句做了各自标题。李商隐或出于无奈或出于刻意，把不想直接表露的朦胧的经验和情感写进了大量诗作，统统直接取名为《无题》，率先以《无题》做了诗的标题。李商隐之后还有中国古代诗人在写男女恋情或不愿意标题目的，也都以《无题》来命名，陆游就写过不少《无题》。现代诗人中，何其芳、卞之琳、废名等都写过无题诗。外国诗人中，莎士比亚的十四行，是以没有标题的形式出现的，而艾米莉·狄金森的那些短诗，原作中没有标题，只有编号，当然连《无题》这样的标题也没有具过，而阿赫玛托娃、华兹华斯、巴尔蒙特、荷尔德林等则都曾经直接以《无题》为标题来写过诗，有的诗人写无题诗的数量还相当多。这些中外的现代诗人们，当用《无题》作标题时，大都写到了大自然、爱、生与死这些永恒事物，这时候诗人们大概觉得无须再标上题目了吧，或者，这样做也许还隐约透露出了一种对于诗歌之世俗功用和社会层面伦理道德的排斥，有要写“纯诗”和为艺术而艺术的意味。

初看田原这些诗的标题，除了想起古今中外那些原本就没有标题的诗和以《无题》为标题的诗，或许还会使读者联想起作曲家那些没有实际标题而只用了编号的作品，比如贝多芬的《钢琴协奏曲第1—5号》，莫扎特《交响曲第35—41号》，舒伯特《钢琴奏鸣曲D557》。接下来又想起一些现代舞蹈也有命名为《无题》的。还会联想到很多的现代绘画直接命名为《风景1》《风景2》《人物5》《人物6》之类。当然，还有很多现代的和后现代的装置艺术也会常常直接以《无题》作为标题。音乐、绘画、装置艺术中的这些非典型“无题”或典型的“无题”，是为了让作品更具有开放性，给观者留下命名的自由和感受的空间。

一个诗人创作中的某种趋向的发生，并不是全无来由的。诗人田原肯定不是因为故意要隐晦什么才去做无题诗的，他的无题诗，写断章，写梦境，在我看来，更受影响于当代艺术并接近于当代艺术，有着更为现代性的追求和意义。

一、从诗人的个体特质和艺术观念来看他的现代性

按照王鼎均先生的观点，有组织能力、商业头脑和对群众感应有兴趣的人一般会去写剧本，有化身癖和记录癖的人则去写小说，爱好自由、长于内省同时只能在短时间之内集中注意力的人，则去写散文。那么，按照他上面的这种观点，我们可以继续推论下去，什么样的人去写诗呢？一定是那类社会化程度比较弱，不太关注外部世界感应，而是格外关注自我同时又愿意以本真自我形象示于世界的人，这种人不仅只能在短时间内集中起注意力，甚至在短时间内也无法集中起注意力，过于丰富并激活的内心世界和内部语言使得在他看来只有那些闪光的瞬间和刹那才有价值，才能吸引其注意力，令他为之短暂停留，于是就会去写诗。而在这个诗人群体当中，当上述特征走向了极致，诗人就会成为一个习惯于用神经末梢来感受一切的客体，总是从一个瞬间快速地滑行到另一个瞬间，从一个刹那急速地奔向另一个刹那，于是往往还来不及为那些已经捕捉到的一个又一个经验命名呢，新的灵感又已经降临，谁能总是命名那一个又一个闪电般的瞬息呢？于是这样的诗人，就会貌似随意地把自己的经验分段分节地记录下来，成为一首又一首《无题》《断章》或者《梦境》——这样的诗人，可谓诗人中的极品，诗人中的诗人，他们并不像绝大多数人那样对事物的外部轮廓和整体结构感兴趣，而是对事物的某个局部、侧面、线条、角落、零件、内部肌理，甚至深层的分子原子中微子更感兴趣。当然，他们有时还会对围绕着

这一事物的周遭的光和影发生兴趣，以至对这光和影的源头发生兴趣。从某种程度上来说，田原恰好正是后面的这样一类诗人。这后一类诗人显然比前一类诗人更具有现代性。

如果在一个过于确定的标题之下，读者就会先入为主地按照标题所提示的那个方向去理解，让作者与读者之间构成了一种传统的封闭式的互动方式，这种方式无疑适合以往那种基本呈现事物整体面貌的传统生活。而在当下的现代生活中，有相当多的事物处于中间的模糊的地带，是多义的，是无法界定或命名的，或者至少界定或命名起来是有难度的。这是由于现代生活不可避免地有着碎片化的特征，与此相合，现代人的心理也是支离破碎的——那么，与此相适应，选取一种在内部无逻辑性和在细节上不连贯性的形式来表达这种生活，是恰当的。

诗人田原想把那些难以命名的事物集合到一起，重新排列组合；他想收集那些碎片，并赋予其意义；他想把那些带有未解决性和不确定性的事物表现出来，把充满了各种可能性的事物表现出来。同时，他又深知他想要表现的这些事物里面还有一些以现有的经验范畴和知识范畴无法完全辨别的东西，他要尽可能完全地表达它们，就不可能总是使用那些既定的概念和规则。于是他想提供一个更加开放的文本空间，让陷于其中的每一个读者都能根据自身携带的生命经验去感受其中的某一部分。于是他决定避免使用那种确定性很强的标题来强化某个局限性的意图，而是使用一个不确定的标题来让文本的大门敞开，邀请读者走进来，与作者一起坐而论道，赋予这些诗歌力量。

这应该正是田原创作了大量无题诗或者断章诗的真正原因。

而梦境，则是一种感性上的深入。那些梦境之作与那些整合了现代生活碎片的无题诗和断章一起，共同努力，将目标更往前推动了一步，可以更有力地解构现代理性主义，摧毁当下模板时代的最大公约数和平均主义。诗人对梦境过于偏爱，除了一首又一首专写梦境的诗之外，还有分散在那些无题诗和断章里的某些诗节中的一个又一个梦境或者半醒半梦之间的状态。作者充分放纵个人潜意识，梦境内容大都与个人生命经验有关，而里面的社会动力元素则是莫须有的，即使有，也不会以显性方式呈现。对于这些梦境的记录，或许有即兴的，而相当多的并不是即兴，看上去更像是深思熟虑之后凭着记忆将它们描画下来的。描画客观实体容易，而描画一场梦境并不容易，这就像描画一束光或一团空气那样，需要快速捕捉的本领，还需要在白天的光明和夜晚的黑暗之间有一个缓冲。梦境对于诗人田原，是异次元，里面往往包含着某种旨意。至于每一个梦境的具体旨意究竟是什么，那需要有机会领受来自更高处的启示。诗人深谙此理，所以并不急于去揭示和挑明。

诗人的潜意识如此富饶，他似乎对于看得见摸得着的世界并不太信任，他听凭直觉和冲动，不从常规的入口进入，而是选择从未曾呈现过的某个侧面或者很少切入的某个角度来打进事物内部，尽可能多维度地剖开了这个表象的世界，打碎一个又一个概念的符号，最大限度地接近着这个世界的本质。诗人就是这样用梦境来激活了想象，为创造力打开了大门。

从总体来看，这些无题诗的单元组合，采用了多种多样的艺术手法，其综合性的程度，并不亚于当代多媒体艺术。

具体到诗人田原的这些无题诗、断章诗和梦境之诗，在外在形式上，单看一个单元又一个单元的内容之交替，颇有拼贴风格，而其每个单元组合之后呈现出来的整体布局，竟会让人跨越艺术品类和领域，联想到日本插花。这里面确有日本插花的意味，不求形式上的完整，不求每一部分之间产生紧密联系，看上去是随意的，又不完全是随意的，而是展现出某种有意味的方向性。那么，剩下来的一切，就是让现存物体自寻机遇，处于非永久性、不确定性和永难定义之中。这是一种微妙的几何学。这些无题诗和断章，每个诗节的单元都是通过直觉产生出下一个单元诗节，进而控制整个场所，虽然标了阿拉伯数字来标识次序，其实它们的位置未必不能互换和前后移动，倘若选择从任意一个单元和诗节开始往下读，读下去，也是可以的。甚至，这些不同时期写下的无题诗、断章和梦境之诗，如果将它们不分次序地连缀起来，重新随意地以新的阿拉伯数字来排列和标识，就这样混合在一起之后，再随便翻开来，从某一处开始读起，读下去，也不是不可以的。这些无题诗和断章诗之中，从时间性上来看也不是线型的，有时涉及童年事件，有时涉及青年和中年经验，却并不按照顺序来排列；从空间上来，有时涉及中原大地，有时写至海外寓所，有时写至星空及宇宙甚至时空隧道另一边的地方，同样也都并不按照前后左右次序来排列；有时存在的时间性会通过空间性来凸显，存在的空间性也通过时间性来强调，同时这些无题之诗或许正是在无题之中打算对世界进行重新命名。每一首无题诗，都是一首小长诗，而里面包含着的那些并不通过通俗逻辑来连接的一个又一个诗歌单元，则试图通过自我存在情境、相互位置和自然因果中的文本状态来表达作者想揭示的问题。

以上这些排列方式，都使得这些无题诗和断章具有了三维的稳定性，同时，又由于总体形式上那种开放的无题状态和断章状态，还有在内容上所写到的那些梦境的因素，使得这些诗歌的维度增加。也许，可以看成是作者在探索第四维存在时所做出的一种努力吧。

说到底，他选择这样的形式，跟他的过于热爱自由的天性有关，与他基于诗歌创作却已经超越了诗歌创作的更加宽广的当代艺术观念有关。似乎这些无题、断章和梦境之诗，才能使他越来越不受拘束地进入更纯粹的诗歌创作。

具体来看一下《无题 5 号》。它的第 1 单元或第 1 个诗节，写了月亮升起唤醒记忆，联想童年同伴之死，月光映着孤独；第 2 节，写诗人在首尔做了一个关于汉江的梦；第 3 节，一个亡灵开车遇交警的鬼故事；第 4 节，写了一口废弃的水井；第 5 节，写阳台上的深秋印象；第 6 节，KTV 歌厅；第 7 节，老人对树木的哲学提问；第 8

节，彩虹中的蜃景；9，用一组与大自然相关的箴言表达出了生存悖论；10，写树和鸟，与天空的启示有关；11，写了一座不以物喜不以己悲的千年铁塔；12，写雨后采花并遇鹭鸶。以上这 12 个诗歌章节的内容，一边相续一边终结，它们既不是按照现实世界中的时间或空间之顺序来排列，也不是按照事物本身的逻辑顺序来排列，而是按照审美心理时空的秩序来安排和组织的，这里面既有一种超稳定感，又包含着全部的运动。

二、从诗歌文本对生活经验的具体处理方式来看其现代性

田原在这些无题、断章和与梦境相关的诗篇里，无论具体写的是哪方面的内容，往往都是对某个孤绝时刻的摹写和关注。读者进入这个时刻，在一个不可命名的事件或事物之中迷失，一方面为诗歌已经昭示出来的那部分真切存在而兴奋，另一方面又为诗歌未能当场揭示而可以由我们猜度出来的隐秘而欣喜。当我们想知道得更多，然而，这一诗节已经结束了，接下来转入下一个内容完全不同的诗节，那是另外一个孤绝时刻。

这些孤绝时刻里，充满现代生活的碎片、线条和瞬间，田原使用了什么处理器来将它们整合在一起并使之符合秩序呢?

田原的这些诗歌或许还类似于当代艺术中的抽象画。抽象画大致可分为两种，一种是元素非常简单的，一种是元素非常复杂的——田原的诗约略属于后者。从细部来看，诗人擅长运用意象、隐喻、通感、错觉幻觉变形、二度规范以及口语化的白描来处理他的经验。诗人运用越来越多样的现代诗歌技巧时，全都站在一个现代人立场，以现代生活经验为基础，打通了人类与动植物的界限、生与死的界限、有机物与无机物的界限，写出了许多的“不可行”和“不可能”。

当然，田原使用得最成功的还是意象和隐喻。

诗人在运用意象方面相当成功，他几乎称得上是一个意象派诗人，他以意象来结构这些无题诗和断章诗，他很会使用意象来总结和整合那些原本处于分散和游离状态的经验。

《无题 4 号之 5》里写秋意，使用了几个地位平行的意象：阳台上的苹果皮、远处的海、电线上的乌鸦、焚烧的落叶、阳光。这个诗节里的意象，萧瑟、旷远、浩大，充满动感，确实有秋天正在渐渐加深的意味，其视觉语言相当丰富，很像是一幅印象派的绘画，而且因其色彩的凝重和凸起，还是梵·高的，不是莫奈的。在《无题 4 号之 4》里，有一个自始至终的核心意象：井。通过一口废弃之井对于打水人脚步声的记忆，写出了时间的留存与印痕，也许能使读者联想到这口井其实已经成为一口记忆之井吧。人类所有记忆其实都不会消失，都会被永远留存在一口时间的深井里。《无题 1 号之 5》，里面的意象比较单一和单纯，就是：大海。此诗节写出了夜间大海的深不可测，人在大自然面前如此渺小和孤独。那么应该怎么办呢，怎样才能抵御这种不适之感甚至恐惧之感？诗节的结尾给出了答案："可是，当我们拥抱在一起 / 我们的心跳便压住了 / 大海的喧嚣。"这里提供的答案是人与人的相爱之道。《无题 4 号之 12》，里面写到两个十分唯美的意象：一个是鹭鸶，欲动还静；一个是草地上的白花，欲静还动。最终，诗人在大自然的动与静以及人的主观意念之间发现了禅意。

而在使用意象时，田原在无意中运用得最多的意象是"树"和"鸟"，几乎到了比比皆是的地步。从早期作品到近期作品，这一点可以说从未改变过。他的树和鸟，绝大多数时候都是没有具体品种名称的树和鸟，是树和鸟的笼统称呼，是泛指——即便如此，它们在田原的诗中依然有着很高的辨识度。树和鸟，是某一首诗中特定的那棵树和那只鸟，而不是另外一首诗里的另外一棵树和另外一只鸟。当诗人写到树和鸟的时候，它们是大自然的代表，而且诗人在诗中总是将大自然和人类文明并置，让大自然和人类文明在相望。

这或许可以用格式塔心理学的异质同构理论来解释，树的葱郁、鸟的自由、树对鸟的庇护、树和鸟的野性，恰与诗人的内在生命形态相符合。作为人类文明社会中的一员，他的人格的形状和特质，在某种程度上其实更接近人类创造物之外的树和鸟。大自然在这个诗人那里是全景式的，而不是细节式的，就这样旷远而大有作为，充溢而不盛气凌人——其中的这些树木，有时作为背景而存在，有时又作为主体而存在。这些树站在那里，从不回避凝视，看上去静默、无害，而鸟类则是树木的魂魄。

单单从这些无题、断章和梦境之作里来寻找树和鸟的意象，也是如此，比如，《无题之 6》，写一棵遭雷击的大树引起的一系列连锁反应，砸人、引发森林大火、使鸟群舞蹈；《梦中的树》写的是一棵树与狂风的搏击，写了在这棵树消失之后世界的单调与忧伤，许多美好的事物包括鸟鸣也都消失了，可见诗人在梦里都记挂着树和鸟；《无题 3 号之 2》，干脆直接说自己要穿上羽毛衣裳，跳上树枝间去唱歌，要当一只鸟。在无题、断章和梦境之作里的这些有关树和鸟的诗节，跟诗人其他诗作中涉及树和鸟的部分的立意是相似的。记得他曾在一首叫《雀街》的诗中，具体写了一个鸟市，控诉人类砍了树木制作成鸟笼又将那些飞翔的灵魂关进笼子的行为，最后借鸟的鸣叫来表达对回归森林、天空和自由的强烈愿望。如果更进一步来揣摩这些与树和鸟有关的意象，在诗人那里，它们还有比自由更高的意味：树和鸟，是传递沟通天和地之间信息的使者。就像在《无题 4 号之 10》中所写，这些树，这些鸟，在天与地之间，比人类更能领会天空的启示。这时候的树和鸟，不再仅仅是客观现实中的树和鸟了，它们其实已经接近某种神谕。

诗人也乐于使用隐喻。这些隐喻的使用，为这些诗创造出了一种模糊的快感之氛围，尤其在写到个人欲念时更是如此。比如，《无题 3 号之 4》，《无题 4 号之 6》，都涉及性，都使用了隐喻。尤其是前者，从表面上看，从头至尾写的都是小舟在涟漪波动的水面如何漂流至源头。这使我联想到了艾米莉·狄金森一首疑似写性的诗《暴风雨夜，暴风雨夜》，诗里写到了罗盘、海图、你的水域……以暴风雨夜和航行作为隐喻，表达相爱的人对身心合二为一的渴望。这种写法，将原有的性爱色彩淡化了，只使读者感受到某种生命经验本身的强烈。在那些写梦境的诗里，隐喻则更多。诗人梦见河流，梦见树被风拔掉，梦见小时候养过的大黄狗，梦见始祖鸟，梦见血淋淋杀生场面。在他的梦里，掏空了五脏并风干的野鸡在啼鸣，海是一锅被煮沸的水，梦见自己已经死去并以公鸡为马骑着穿越地狱之门……这些梦境的隐喻意味非常明显，但究竟都具体隐喻了什么，作者未曾明确。诗中的那些场景仿佛是读者自己过去也曾经经历过的，可以根据自我经验去补充潜在的叙述。诗人也许是想借助这些隐喻来探索并印证从人类的偶然性出发可以最终抵达必然性。

同时值得注意的是，无论使用什么样的现代技巧来表达，田原的这些诗都并不难懂。他在表达一些事物的“反逻辑”时，使用的表达技巧却是放置在逻辑轨道之内的，具体的语言方式非常符合逻辑甚至还极注重汉语言的典雅。诗人在这里想获得一种微妙的平衡，既要隐匿曲折地写出那些精神欲念中不可言说的内容和部分，又要控制语言态势，不让它变得晦涩和不知所云。这完全有别于某些现代主义和后现代主义有意无意地制造出来的“混乱”。所以，田原的这些诗歌的语言，是讲求功力的，甚至竟带着一种很书面化的文人气。

三、诗人的语调总体上正从世俗经验向着超验和神性过渡

诗人以变幻的语调串起了一个又一个诗节，它们交叉排列，语调总体上正从世俗经验向着超验和神性过渡，体现出来的不仅是现代性，更是永恒和神性，这才是真正的自由之境，是作者所追求的

制高点。

诗人在这些无题、断章和梦境之诗里，虽然总体上还是习惯于借助日常生活经验来展开诗意和思维，但是其语调又常常是站在日常生活之外的位置，以一种超越的口气来讲话，无形中扮演了智慧者和先知者的角色。诗人似乎直接听从于一个至高者，透露来自那里的秘密和命令。在这类诗歌的创作前期，诗人的语调里还有些拘谨，略有疑虑，而到了后期，则越写越放松了，口气也越来越确定。诗人大概是试图使用这种语调和口气来表达对于那个未知者兼至高者的探求。在田原的这些诗里，根据其语调的风格，可以大致分成下面几类：

第一类是寓言式的语调。这一类的诗节都稍稍携带了一些简单的情节性和故事性，偶有童话色彩，却又不像童话那么浪漫，而是充满了智性。诗人为他想要传达的内容找到了很好的栖身之地。

其中《断章》的寓言味十足，几乎每一诗节都是一个寓言。在这些寓言意味的诗节里面，又不乏反讽：神社里去年的雪泛着白光，棕榈树双手合十在忏悔，老鼠逃离粮仓而属鼠的人磨尖牙齿，花猫找到了失散多年的尾巴却在横杆上失了平衡，湖水干涸了船陷进泥泞，流亡诗人用鞭子抽打异国脊背，月亮里有人种树有兔躲藏而月光下昔日玩弹弓少年如今拆装手枪，人在风化的石碑上日夜凿刻自己的名字……再比如，《无题 3 号之 5》，写出了一则森林寓言，角色是诗人“我”、被枪声和弹弓伤害过的迷路的鸟、野花、毒蘑菇、流云、星辰、列阵的蚂蚁，其中有情节，也有内心独白，还可以约略看出对人类中心主义的批判。再比如，《无题 2 号之 3》，完全使用轻松的口语，写自己与一只蚊子的搏击，属于黑色幽默。至于《无题 2 号之 1》完全可以跟《无题 3 号之 3》放在一起来对照着读，前面诗节写了自己在树下通过倾听学习虫鸣而似乎重生轮回成了一只虫子，后面诗节写过去我吃过虫子而将来虫子会吃埋在地下的我——有些触目惊心的生物链循环。这两个处在不同位置的诗节和单元，都在把诗人自己与昆虫相提并论，实现了不同物种之间的地位平等和彼此关注，这大概是全宇宙之中最大的民主了吧。

而在《无题3号之8》里，诗人脑洞大开，异想天开，为了从更深层去认识世界，他想让自己的身体在体积上变小，使之具有类似勘探器之功能，钻入田鼠的洞、蝙蝠的洞、风的洞口、啄木鸟的洞以及蚯蚓之洞，去探索世界更微观的奥秘。这一诗节使我联想到谷川俊太郎的那首《恳求》，也是一种完全来自白日梦的大胆假设，想象着把自己的身体当成一个麻袋那样地完全翻过来，让内部翻转成外部，暴露出最深层次的那个自我——这是我所听闻过的最尖锐最彻底的认识自我的方式了。两相比较，一个为了认识自我，一个为了认识世界，他们采取的假设方式则有异曲同工之妙。

从总体来看，这些寓言式语调的诗之章节，写的其实都是人与大自然甚至人与宇宙的乌托邦。值得注意的是，在这类诗人幻想出来的一个个乌托邦中，当涉及动植物时，这些动植物往往是小型的，而不是大型的。这是作者潜意识里某种生态观念与和平观念的反映吧。诗人是已经被现代文明熏陶并且充满人文关怀的知识分子，他不喜欢丛林法则，于是在他设定的乌托邦里，温和弱小的动植物占据了多数，罕见侵占阳光的巨树和横行的虎狼豺豹。

第二类是雅歌式的语调。这类语调多用于写情爱。这一类诗节的语调是较为轻盈活泼的，而且热情。前面提及的以隐喻手法涉及性爱的诗节，如《无题3号之4》，《无题4号之6》，毫无疑问属于此类，展现出了性爱之中神秘的一面以及它所包含的转变和提升的力量，甚至宇宙的和谐。相对于这两个诗节的强烈与奔放，像《无题2号之6》，初读，并不会被当作隐喻，仿佛只是在直接地实写大自然。而读完之后，又感觉里面仿佛藏匿了个人欲望和爱恋，“那片湖水无法忘记 / 夹在两座低矮的山丘之间 / 我想把湖畔窸窣摇曳的草 / 想象成一支笔 / 蘸着湖水，在大地和峭壁上 / 写满爱”。这些诗节都很唯美，是世俗之美、自然之美与崇高之美的结合。至于《无题3号》之10，则采用了独特的对话形式。阳台上两人关于月全食的对话里，出现“幽会”“拉上窗帘”“万物生长”等字眼，在特定背景下可谓一语双关。诗人在对待肉体之时，有一种面对神殿时那样的神圣感，肉体在他看来是纯洁的，而灵魂正位于这肉体的边缘，在内部世界与外部世界的交接之处。他在这类诗中所选择的这种雅歌式的语调，是一种颇为明亮的西化的抒情风格。

第三类是箴言式的语调。这一类诗节多从日常生活经验入手，涉及面十分广泛，充满理解力和辨识力。在《无题4号之9》中，一连用了七个“没有什么能比……更……”的排比句式，借自然之物来言说人世间的问题和生存中的悖论，内容是跳跃性的。在《无题3号之12》中，用了一连串“不……就……”“没有……就……”的相似句型，把银河、海底、爱情、孤独、漂泊以及母语等相距甚远的话题——凭借最终的“诗人”这一强有力的身份——聚集到了一起。这类箴言式语调的诗节，都还包含着“兴”的元素在里面，起兴手法的运用，激发了联想，增强了意蕴。

第四类是传道书或启示录式的语调。这类诗节中有时写到的事物，带有类似见证和异象的意味。在这个错综复杂与矛盾重重的世界上，充满了各种各样的未定和未知，深不可测。这人生终究是虚空的，而怎样把这虚空之人生演变成为有意义之人生，是每一个人都要面对的命题。《无题4号之11》里，当面对所谓颓圮、所谓悲伤、所谓倒塌、所谓畏惧之时，那座铁塔所表现出来的冷漠和坚定，使它更像是一个旁观者，一个绝对者，一个人类自由意志之外的大角色。《无题4号之3》，以口语化方式叙述了一个鬼故事。一个亡灵开车，途经隧道时遇交警，被开了罚单，以冥币去交付，最终又化作青烟溜掉——诗人在这里几乎写了一篇现代版的《聊斋志异》，有可能暗含了这样的启示：生与死的界线并不是完全不可打通和不可逾越的，在生者与死者之间其实还存在着某种方式的沟通。《无题3号之7》，写诗人于梦中测量命运之墙的高度，却发现这面墙无头无尾并且时时刻刻在默默疯长，于是只好放弃测量。诗人清醒地意识到了作为人的局限性和人的命运的不确定性，以及人无法把握命运的无奈和无助。这里传达出来的是自省和顿悟，还有面对宿命依然前行的激情，正如鲁迅先生所谓“敢于直面惨淡的人生，敢于正视淋漓的鲜血”。

第五类是祈祷式的语调。像《无题3号之6》，语调铿锵，直抒胸臆，运用了相同句式“致敬！……”致敬对象分别是野草、雪人、河童、雪莲、雪豹、流星和人，而且都是其中的倔强者和无私者。诗人是向这世间一切平凡事物之中那超越世俗的崇高部分表达敬意。《无题5号之11》则属于轻声曼语，使用了降调，正好适用于臆想中的那种孤绝的生活。《无题5号之10》，祈祷的语气更加明显，用的全部是祈使句。在前面连续好几个知其不可能而偏偏想要为之的“想变成”里面，已经暗含和涌动着打算凭借外力或超人超自然力量来达成的愿望。接下来，干脆直截了当地提出“想拥有神的力量”。接着又提出了最后一个明知不可能而偏偏想要为之的意愿：“把所有枪支都变成禾苗。”这个反对战争、祈求和平的愿望可谓强烈。想向神求助，想凭借神的力量来做某事，怎么办？只有一个办法：祷告。

就这样，这些无题、断章、梦境，一个又一个单元，使用了这样的或者那样的语调，串连起来，又全都通上了诗的电流。

诗人并不是哲学家，也并不懂得巫术，当然亦没有想去扮演先知。可是，在他越写越多的这些无题、断章、梦境之诗里，通过使用形象化语言进行神秘的表达，赋予自然、历史、现实、日常生活以深长的寓意。于是，终于，他成为这个世界的知内情者。

总之，通过以上三大方面的考察，无论是从作为一个诗人的个体特质与艺术观念方面，还是从诗歌文本中对于经验的具体处理方式上，以及从诗人那由经验向超验和神性过渡的总体语调之中，都可以看出来并得到印证：田原的这一类无题之诗、断章之诗和梦境之诗都体现出了诗人对于当代艺术精神的吸纳，体现出了一种携带着自省意识的现代性。

面对这个已经规范和已经确立的世界，诗人的任务则是解除一切束缚。田原的无题、断章和梦境，是一个诗人对自己走神和发呆的时刻的珍贵记录，他想跟他写过的那些树和鸟一样，能够接收到来自天空的启示。田原的无题、断章和梦境之诗，因其多维并开放的诗歌形式以及隐藏其中的众多精神萌芽，可以看成是诗人对于当代诗歌的一个重要贡献。

2019 年 3 月

林莽与埃利蒂斯

1

我确信林莽受过那位希腊诗人埃利蒂斯的影响，同时，他与那位诗人在气质上存在着先天的某种联结，在精神上存在着后天的某种渊源。

林莽多次在诗文中引用埃利蒂斯的句子。

比如，在写于 1993 年 1 月的《圣诞夜的告别》中，他写道："在屏幕上呼唤爱的歌手 / 使我突然听懂了某位大师的话语 / '又要爱又要梦想那是犯重婚罪'"。当年读到此处时，颇感惊喜，因为恰好我自己也非常喜欢这句诗，立刻意识到这里的"某位大师"即指埃利蒂斯。在时代文艺出版社 2005 年 11 月出版的《林莽诗选》的序言的结尾，林莽引用了埃利蒂斯的话："双手将太阳捧着不为它所灼伤，并把它像火炬般传递给后来者，这是一项艰巨而我认为也是很幸福的任务，我们正需这样做。"这样借他人之语表达对于光明的热爱同时发出充满了使命感的公开宣言，竟让我联想到了丹柯，把燃烧的心举过头顶，让每一双眼睛都感受到光的指引。林莽于 2013 年 6 月在美国写下的那首《他乡遇故知》前面有一个引子，引的也是埃利蒂斯的诗句："尽力将自己镌刻在那里 / 然后再大方地将它磨平。"这个句子，我读到的译文跟这个版本不太一样，毫无疑问都译出了埃利蒂斯式的口吻。在陆续写出的《读写散记》中，林莽干脆引用了埃利蒂斯在获诺贝尔奖的致答词中的话："我将以明亮和透彻为题，来谈谈这两种境界……描写痛苦和苦难并不难，难的是把它们写得透明。"引用完了之后，林莽又进一步阐释了自己对这段话的理解。

这些引用，并非完全出于偶然。

可以看出林莽对埃利蒂斯这个希腊"饮日诗人"的偏爱，以及他们之间在艺术本质追求上的相似性。

埃利蒂斯有他的爱琴海，林莽有他的白洋淀。

包括林莽在内的那一批从京城去白洋淀插队的年轻人，很有些像荷马史诗《奥德赛》里的奥德修斯，由于某种自己不可控的外力而被迫离开了安全的家园，被剥夺了一切，进入一个相对来说冒险的外部世界。他们一边漂泊流离，同命运搏斗，一边也为这种"流浪"的自由而欢呼，后来又历经了千难万险才得以返家，然而家中的一切却并不尽如人意。白洋淀已经成为新建立的家，北京则是失去的家和回归的家。在这个漫长的过程中，这些人的身份发生了变更，归来时比出发时心智更加成熟，开始过一种省察之后的人生。而白洋淀已经演变成为生命中的一个重要符号和基因，当多年过去，再次回望之时，白洋淀又演变成了另一种故土和家园，京城与白洋淀互为异乡同时又互为故乡。在林莽后来的很多诗歌甚至包括后来那些大量在世界各地游走时写出的诗作中，总是影影绰绰地还存在着一个白洋淀。有时是一个自然而具体的白洋淀，更多的时候，是隐形的白洋淀，精神上的或者形而上的白洋淀。即便是最近的作品，即在进入 21 世纪第二个十年的作品中，也是如此。比如，当写到如今的一个雪天，还会使他想起四十年前下雪天初到白洋淀找寻安身之处时的情景；即使在布拉格，在6月也会想起历史中的春天，触景生情，最终让他心中既蓄满怀念又充满无奈与忧伤的，还是他在“文革”幕布之下度过了青春岁月的白洋淀；而在俄罗斯的第聂伯河和伏尔加河畔，那一丝由衷的哀伤又是为何，当然仍然与白洋淀所代表的那段特殊岁月不无关系；当诗人看一部新放映的电影，里面的乐曲使他想起的仍然是白洋淀那段贫困、质朴，心灵却并不潦倒的岁月；当听到手机微信里的大提琴曲，他又想起了往事，想起了他年轻时曾经沦落的白洋淀水乡，并联想到不同国度每一代人都有不忍回首的苦难。是的，白洋淀对诗人就是如此重要，正是那一年离家时“汽笛长鸣　那辆冒着浓烟的老火车开向了多年后的现在”。

甚至，“白洋淀”“林莽”，这两个汉字中的词语，看上去都是有着相仿佛的原始、自然、斑驳和生机盎然。

2

林莽的诗风，有着接近着埃利蒂斯的那种光明与澄澈。

爱琴海之于埃利蒂斯，白洋淀之于林莽，有相通之处，不仅是自然的一部分，更是灵魂的一部分，埃利蒂斯将这个标志特征称之为“指纹”。

而且这一类似的自然地理特征以及所携带着的民族传统使得诗歌的质地趋于透明，埃利蒂斯认为这种透明是事物和事物之间存在着的无限延伸的穿透力，林莽则更进一步地把这种“穿透力”或者“透明”理解成在诗歌精神之光照耀之下的天籁，是对尘世苦难的提升或升华。林莽在《秋天的晕眩》一诗的前面引用了W.H.奥登《悼叶芝》中的诗句“靠耕耘一片诗田 / 把诅咒变为葡萄园”，由此可见，他会同意，这样的方式才是关注人类文明的诗人解决苦难的最佳方式。奥登这句诗还容易使人联想起克尔凯郭尔对“诗人”所下的描述性的定义："诗人是什么？一个不幸的人；他心中藏着深深剧痛，而他的嘴唇却是被如此构造的：在叹息和哭叫涌过它的时候，这叹息和哭叫听起来像是一种美妙的音乐……"想必林莽对于这个说法也是同意的吧。

简言之，林莽观察事物的方式与埃利蒂斯有些相像。这是与生俱来的个人气质问题，同时也是文化背景影响之下个人精神对于外部自然的一种反映方式。

埃利蒂斯多次讲述过他的"对称"理论。"对称"，总起来看，简而言之，也许或可理解成，不仅是文本形式上的对称、语言的对称、光与影的对称，更是外部物质世界某个部分与内部精神世界某一部分的对称、大自然与人的意识或灵魂之间的某种对称。

某种特定的自然地理会产生出不同的氛围并且转而影响到人的精神，埃利蒂斯在阳光明媚的爱琴海—希腊文化之中产生出了圣洁与貌似乐观的观念。而白洋淀无论在什么样的意识形态背景之下，它的原始和野生的自然状态都是在北中国暖温带大陆性气候的灿烂阳光里和爽利的风中反射和荡漾着的粼粼波光，与纯洁、清新、柔性和亲切的观念相适应。离开白洋淀之后，许多年过去了，诗人生活于京城，游走了西方各国，生命经验在不断地积累和更新，而白洋淀依然是一个重要的存在，也许已经成为一个后花园式的存在了。

白洋淀作为一个或清晰或模糊的背景映照进他的诗中。读林莽的诗，不管这些诗是写在插队期间还是回城以后的日子里，不管是旧作还是新作，字里行间都时常会闪现出这样的水汽与波光，仿佛有潮润的水汽从纸页上吹拂而来。

这种精神特质可能还适用于来解释为什么林莽那么喜欢在诗中写秋天。他写了太多太多的秋天，以至于信手拈来，全是秋天，几乎每首诗里都有秋的影子，即使不是直接的，也是间接的，至少是秋天的倒影或者回响。他同时还不厌其烦地在画布上画下秋天的景物，而且全都洋溢着明亮的色泽。最大可能在于，秋天在删繁就简之后，天地显露出了最是光明与澄澈的氛围——秋天的透明、宁静与高远，这与作者的精神气质最为合宜。林莽诗中那些关于秋天的描述里，少有中国传统文人的“悲秋”情绪——那种传统意义上的中国文人的秋天，托物就是要言志，借景就是为了抒情，往往掺杂进了太多的个人际遇和社会现实的成分，而宇宙和大自然本身的价值却在无形中被忽略了或者被贬低了。林莽的秋天之诗中多的则是歌咏灿烂，即使现实生活中的苦难也被他升华成了光明。我曾经在一篇文章里谈到这一点：“诗人的灵感、记忆、经验和情感全都集中在秋天了，仿佛诗人本人也像秋天一样散发出了锡箔般灿烂而优雅的气息……生命只有进入了秋天,才会成熟,才会散发出自然的光芒,照着自己也照着别人。”

至于林莽的那一大组诗《岩石、大海、阳光和你》，可以看成是向埃利蒂斯致敬之作，向大师那些写爱琴海的透明之诗致敬，向光明本身致敬，向自然界中的太阳和形而上的太阳致敬。

《当大风呼呼地刮过》这首诗虽然短，但在朗读过程中，会发现它在开篇之时的时间状语和疑问句式结合在一起，很接近埃利蒂斯《疯狂的石榴树》，有一种来自大自然本身的昂扬、敞亮和激越的节奏。《疯狂的石榴树》里也重点写到了风，“在这些粉刷过的乡村庭院中，当南风 / 呼呼地吹过盖有拱顶的走廊……”正是风让石榴树的叶簇欢舞，解开白昼的绸衫。那么，风是什么？风是自由，风是奋斗，风是能让美动起来的天才，风是透明。

诗人林莽自己也说：“诚恳、真挚、明亮与透彻，是我一贯的诗歌取向。”

其实，无论现代工业文明如何发达，最终我们只有在宇宙和大自然当中才能找到真理。大自然，无论作为一个整体而存在还是作为碎片化元素而存在，在林莽的诗中确实占有相当重要的位置，这一点也与埃利蒂斯近似。

林莽既是诗人又是画家，又要写诗，又要画画，如果套用一下埃利蒂斯的那句诗，就成了："又要写诗，又要画画，那是犯重婚罪。"过多的美，过于奢侈了。

在我并不算详尽的了解中，林莽还喜欢沃尔科特，这是一个无论经历还是作品都与加勒比海及其岛屿有着密切关系的诗人，善于通过自然物象来摹写生命感受和拓展经验，同时也是一位画家。

3

埃利蒂斯的诗善用《圣经》或荷马英雄史诗中的典故，但是，他的诗歌其实并不像绝大多数作家们和诗人们曾经所做过的那样简单地借助希腊神话本身来写作，而是启用希腊神话的生成机制来写出新的"希腊神话"，由此他的那些诗歌都被赋予了一种使命，到现实中活生生的青年男女身上去寻找希腊神话人物的化身，使希腊神话富有了当代或者当下的意义。

林莽诗中涉及荆轲的历史故事与燕赵文化传统，恍惚之中似乎为自己找到了一种类似西方神话的原型的那么一类东西，这里当然是属于东方的一段历史记载。但是，与埃利蒂斯有些许相似度的是，林莽在他的诗中并没有直接使用或者改编这一历史资源和文化符号，作为自己的灵感之源，他没有寻根或者阐释图腾的打算，同样他也没有使用这一历史事件和历史人物来影射现实的打算。他在有意无意之中做到的竟是，把这一个不同寻常的历史人物和历史事件在一定程度上"当代化"了。由于命运的驱使，他自己已经在扮演着荆轲，那一批青年男女全都扮演了当代的荆轲，在时代的秋风中坐着火车离开了故土，或许一去不返。在长诗《记忆》的第三部分，他用相当多的篇幅写到了荆轲，但这个史册中记载的遥远的人物的身影竟渐渐地与诗人自己的身影叠印在了一起，分不清彼此，最终又与诗人的同辈们的身影叠加在了一起，分不清彼此。《列车纪行》中那个离开京城、奔赴乡野的诗人形象，有迷茫，亦有悲壮，虽然迷茫大于悲壮，但是呈现出来的别无选择并且无可挽回的宿命感，却颇似荆轲，列车的那“一声长啸”也颇似高渐离击筑时荆轲和而高歌“风萧萧兮易水寒，壮士一去兮不复还”，那一刻，诗人的心理状态以至外貌风神在某种程度上就是一个当代版的荆轲了。

而在林莽的诗中，荆轲所带来的这种刚性血统又不可避免地被白洋淀地区的另一脉文化传承即以孙犁为首的荷花淀派之柔性血统所稀释了，二者形成一种合力，对他的诗歌创作产生隐形的影响。前者那对强权的蔑视，以弱抗暴的殉道之美，那与正统儒家很不相同的放荡不羁和个人英雄主义的作风，以及后者那朴野优雅之气和闲散飘逸之趣，用诗情画意书写人性的优美、清新、诗性的传统，同时融合在了这个后来的年轻诗人的诗中。这种既不完全属于慷慨悲歌也不完全属于轻柔纯情的表现方式，产生或呈现出了一种漫游和独语的特点。是的，漫游和独语的特征在与林莽的诗中非常明显，这种特征恰好也体现在埃利蒂斯的诗中，只是，埃利蒂斯的漫游比林莽的漫游多了酒神精神的狂放，埃利蒂斯的独语比林莽的独语也更铿然，而林莽的漫游更多的是表现为物我两忘和天人合一，他的独语时的语调更多的是表现为笃定和悠然。

诚然，精神实质相仿，二者在文本上终究有很大的不相同。虽然林莽在诗中偶尔也使用了一些超现实主义的手法，但是他的诗基本上没有埃利蒂斯诗中的无理性甚至晦涩，而是更多地体现着理想主义和浪漫主义的色彩，将现代派手法与他所处的这个东方国度的古典文化风尚结合在了一起。

4

作为一个诗人，林莽在一个诗歌文本中追求着平衡和秩序，这既表现在语言内部结构上，也表现在文本的外部结构上。至于后者，是可以与埃利蒂斯做一番比较的。同样，埃利蒂斯在诗歌的外部结构上尤其是在对于长诗的构建中，也讲究着形式上的严整或对称。

他们都缺乏艺术上的“粗暴”。

埃利蒂斯面对的是第一次世界大战之后的信仰丧失造成的混乱状态，他需要重新建立起一种新的秩序，而林莽面对的是“文革”刚刚过去之后的价值观的崩溃和调整，也需要建立起一种新的秩序。也许正是由于这种内心深处对于秩序的追求，使得他们在诗的文本结构上都特别留意。

比如，埃利蒂斯的那首巨型长诗《理所当然》。最初的章节都是竖着排列的诗行，接下来忽然出现几章散文诗的形式，然后的章节又是竖排的诗行，接下来又出现几章散文诗的形式，最后那些章节又变成了竖着排列的诗行。林莽的那首长诗《记忆》相比之下当然在体量上小了很多，但也同样使用了与此基本类似的结构。第一部分，是四章竖着排列的诗行，而到了中间，也就是第二部分，则忽然采用了散文诗的形式，共四章散文诗，最后在第三部分又成了四章竖排的诗行——这样既有了总体格局上的严整，又有内里及细节上的自由自在。这样做的结果是加重了诗歌的形式感，使之看上去更像一座恢宏而浑然的建筑，主体部分和附属部分相克相生，相互作用，相互协调，似乎还有一个指向苍穹的尖顶，也许，看上去更像一座教堂?

林莽的《寄自高原的情歌》可以看成组诗也可以看成长诗，跟埃利蒂斯的《英雄挽歌》相比，它的结构自然还不够庞大和缜密，但是它们的思维脉络却有一些相似之处。《英雄挽歌》开篇写那个“在太阳最早居留的地方 / 在时间像个处女的眼睛那样张开的地方”，《寄自高原的情歌》开篇亦是由《晨歌》引出全诗，《英雄挽歌》接下来依次写战争开始、征战、死亡、回忆、怀念、思考，直到祝愿，《寄自高原的情歌》则依次写我到来、我看见、我冥想、我追寻、我敬拜、我将离开、我赞美。

林莽还写过大约近二十首《夏末十四行》。为了实现这种诗体由拼音文字到象形文字的移植与转化，暂且不管自20世纪20年代以来已经有多少诗人做过努力，但凡愿意做这件事情——不只是尝试而且还乐此不疲——的人骨子里一定是高度追求秩序的，这种秩序具体体现出来就是在自由与克制之间寻找平衡感。至于这些《夏末十四行》的语言色彩和口吻，我在读它们的时候，则不由自主地想起了埃利蒂斯的那首把夏天拟人化的《夏天的躯体》，另外，还想到了那首《海伦》："第一滴雨淹死了夏季 / 那些诞生过星光的语言全被淋湿"。

至于林莽的《二十六个音节的回响》这首相对较长的诗，把对个人际遇、民族命运、人类文明乃至自然宇宙的思索，按照英文的二十六个字母的顺序来排列成了段落。二十六个英文字母，与现代文明息息相关，同时更为重要的是，这是一个现成的稳固的既定的数字排序法，具有很强的秩序性，可以直接拿来用以组织篇章。这种使用既定数字的结构方法，埃利蒂斯也用过，他写过长诗《对天七叹》，为什么偏偏是恰恰是"七"叹？这与西方基督教文明有着重要关联，"七"在犹太人传统和《圣经》里是一个完全的数字，也是一个美好的数字。上帝创造世界用了七天，一个星期有七天，丰收后要守望住棚节七日，耶稣死在十字架上之后在第七天复活，要原谅别人七十个七次,启示录中更是充满了"七"的数字：七个教会，七个异象，七天使吹七号等等。当然，在这个问题上，林莽可能并没有受埃利蒂斯的影响，只不过是英雄所见略同的巧合。

5

最后，或许还可以将埃利蒂斯的那个"对称论"进一步延伸，做出拓展性的理解，就是自然与人格上的对称。

作为诗人，作为中国当代诗歌的重要参与者和推动者，笃定、光明、澄澈，在诗，也在人，是自然与人格、诗与人格的统一。

我曾经在一篇论文里谈及林莽，并写下过这样一段话："……那是早已根植于这个诗人性情中的超越了诗歌创作本身的某种元素，那是比自己所有诗作都更阔大的人格元素。在这里我是指林莽多年来为以食指为代表的中国六七十年代地下诗歌浮出水面所做的不懈而卓有成效的实际工作，我把这看成是白洋淀诗歌精神的一部分，从三十多年前的白洋淀地下诗歌时期一直延续至今。那种真正的同志式的友谊，不仅有着类似于荆轲和高渐离之间的情谊那样的悲壮色彩，甚至或许还带有一点像孙犁《荷花淀》等一系列作品里所写到人与人之间的温厚体恤和脉脉温情？"

其实，何止于此，林莽除作为一个诗人和画家之外，同时又是一个很好的编辑家，他那像丹柯一样捧出燃烧之心的行动，不仅作用于与他同时代的同道者，而且又更进一步地延伸到了当今更年轻一代的诗人们身上——他不仅怀有热情与奉献，更可贵的是一直保持着警醒，而这些与他那一贯温润与淡定的个人风范从来不曾发生矛盾。面对圈子里太多的混乱，他是如何面对的？有一句他自己的诗，似乎可以为他的态度做一个注解："他们天真的胡闹让我同情。"

在一个非此即彼的时代，在一个粗鄙与创造力相混淆的时代，尽力地保持斯文与中正，也许这正是林莽的意义。

2018 年 4 月

尝试写出更艰难的事物

戴小栋的诗歌一向唯美，相当一部分诗作还颇具一些古典主义倾向。而读他的长诗新作《在累累果实与迟暮秋风之间》，发现他的诗歌已经静悄悄地发生了转型，甚至是重大转折。他正在尝试写出一些更艰难的事物，并且做到了。

这是一首现代主义特征十分明显的长诗。虽然作为长诗，它不到400行，共18章节，只能算是一个小长诗，却涉及时代、社会、思想、精神、信仰、日常生活、个人命运、病痛、死亡……读起来有恢宏之感，同时又有着朝向高处和朝向远处的指向的努力。

我以为，戴小栋作为一个诗人，已经写出了他自己诗歌生涯中的《荒原》。

其“现代性”，可以从下面几个方面进行解读。

一、充满激情的厌倦

一般大家都会同意，一个真正有才华的诗人每天在等级森严的机关里勤勤恳恳地写作公文并整理文件，案牍劳形，简直是对诗歌的背信弃义……但很少有人会想到，写诗与公务之间的剧烈冲突与矛盾，即那种在自我克制和循规蹈矩的重负之下进行烦琐而单调的工作与诗歌创作所必须具有的生命野性之间，也会摩擦并迸发出暴烈的火花，诗人于是更能触摸到自己的强劲的心跳……这一切，如果又能得以超越，就会获得对于人类生存境遇的同情和理解，甚至得以和解,或许竟会产生出一种奇妙的张力来。我相信这种张力——只可意会无法言传地——存在于诗人 T.S. 艾略特和银行职员 T.S. 艾略特之间，存在于诗人华莱士・史蒂文森和保险公司董事长兼律师华莱士・史蒂文森之间，同样存在于小说家弗兰兹・卡夫卡和负责工伤事故鉴定的保险公司职员弗兰兹・卡夫卡之间……以及诗人戴小栋和公务员戴小栋之间。

在对戴小栋的这首长诗新作的阅读过程中，可以真切地意识到，个体在面对集体主义、物质主义和科技主义共同形成的那个巨大而坚固的模板之时，充满了软弱的绝望，由此彰显出来的是现代人类的共同困境，以及因正视这种困境而带来的清醒与坚定。

当下现代生活的本质是什么？是重复。毫无疑问，这早已是一个机器时代，而由于高科技网络和人工智能的进入，使得机器时代生活的重复进一步又发展成了在模板之中的重复，机器时代同时又成了模板时代，于是，这个时代的重复比过去其他任何时代的重复都要严重而且加倍。正是这种高度重复，使得世界不再新鲜，不再具有意义，只是充满了既定的程序，唯有程序是需要遵守的，并无什么真理可言。这导致了现代人尤其是当下人的冷漠、无聊、乏味、麻木、自私、疲倦、昏昏欲睡和百无聊赖——唯有创造可以打败这种重复，而创造何其艰难，同时又可遇而不可求，所以，人们不得不接受这不幸的命运，继续重复。

诗歌第 1 章，一上来就貌似在做着摆脱生活之重复性的努力，写到了成田机场和三万英尺之上的航班：“当我们的身体自如地进出云端 / 思想正在获得最大限度的纵深。”飞机在飞行中，上面的人有一种摆脱了烦琐的尘世生活的幻觉，会有超越之感，暂时获得了自由，甚至感到离上帝很近了。然而这种好感觉很快就会消失，人们终将回到地面上来过着重复又重复的生活，这就是接下来章节所写：餐桌上的市井话题、游泳池和桑拿房里那些肉体衰老的难堪、房地产工地现场的轰鸣、夏夜湖畔的徜徉、手术台上的疼痛与晕眩，暴雨来临之前的惶然气氛、情欲之后的茫然、雪地上遛狗时的灵感、夜里失眠的胡思乱想、医院悲惨情境、护城河夜色中的徘徊、节日家庭晚宴上的疏离感……所有这一切，即使充满了具体生动的细节，在诗人笔下却也像笼罩在一团朦胧的雾气里，或浸泡在水中，忽远忽近，影影绰绰，“影子的出现并不需要夜晚”“看不清容颜的众生”“能感觉到自己的洇湿但天空暗了下来”“污秽的墙壁上那些奇怪的脸谱一闪就消失了”……这一切描述，既是失真的，也是失重的。这大概是由于诗人既在这些生活之中，同时又将自己置身于这生活之外，作为旁观者来打量或者审视它们才造成的特殊效果吧。诗人笔下的这座城市，巨大而没有实体，像是梦境或者梦的残片，正如他自己所说的：“一段一段的白日梦 / 被不安薄如蝉翼地联缀着。”这个特点，容易让人联想起当年《荒原》中所写的那座城市，伦敦……以及欧洲。

诗人这种对于当下现代生活的“重复性”的认知和感受，是用一种充满了激情的厌倦来表达的。这似乎是一首依靠神经系统写出来的诗，写作时作者应该处于某种恍惚状态。惧怕、犹疑、焦虑、失败感，甚至 PTSD（创伤后应激障碍），都有可能。抒情主人公颇似郁达夫、加缪、卡夫卡和村上春树笔下的某些人物的特征，是现代社会中典型的零余人、空心人、多余人、局外人、边缘人和陌生人的形象。

然而，诗中的抒情主人公与上面提到的那类文学作品中人物不相同之处在于，他在试图寻求自救，而不想继续沉沦。他的自救方式是什么呢？诗人似乎找到了办法，他打算对这不得不过的庸常甚至粗劣的生活目不转睛，绝不率先移开目光，绝不率先背过身去，决定要在气势上将它逼退。他甚至还有了实际行动，比如，打算通过写作这样一首长诗来真正表达他的目不转睛和气势。当他决定这么做时，他竟由犹豫不决变得果敢起来，“日子浑浊，黏稠，难以搅动”，那么，怎么办？作者干脆呼唤：“就让重复来得更猛烈些吧。”就在这里，就在这时，他已经看清了这个现代社会中这日子的本质就是重复，而这重复又难以超越，那么，倒不如接受这重复，甚至歌颂这重复吧。W.H. 奥登说“请相信你的痛苦”，于是，诗人这一呼唤竟比呼唤“让暴风雨来得更猛烈些吧”显得更加无所畏惧和勇猛。

这就是充满激情的厌倦，而在 T.S. 艾略特看来，这正是造就伟大艺术的基础。

其实，在这个世界上，没有比永远踌躇满志永远志得意满更庸俗的了。不愿意正视生活之真相和生命之本质，靠着建立在自欺欺人基础上的乐观主义来对他人催眠和自我催眠，避开了发现、思考、质疑和抗拒，这正是所有陈词滥调的帮凶，是创造力之敌。

戴小栋在这首诗里写到法桐树，“我注视大院里的这些梧桐树已经十年 / 盛衰荣枯，周而复始 / 全拜时间这把锈蚀的刀子”，这里的“大院”，当然是作者随手写下的个人经验，是实写，但如果看成是象征意义上的卡夫卡的“城堡”，也未尝不可。他在这首诗里，有时未提法桐之名，实际上写的也还是法桐树，“周围的景色开始蠢蠢欲动包括那些树：被修剪后的站立者 / 只有欠伸着的疲惫中年人是偌大芳草地上唯一的静物”，那些被砍去树冠之后的法桐树的站立姿势，竟跟疲惫的中年人相仿，也是把身体向前“欠伸着”——随时等待传唤之状……人跟树一样，又何尝不是“被修剪后的站立者”！只有一个深谙命运的诗人才会发现生活中的这类细节并产生出这种联想来，这有些令人心酸，同时又让人为他一直保持着敏锐直觉而感到高兴。

二、哀痛与虚空

诗中还有“站在距离生死同样远近的地方”这类典型的中年迷茫。肉体的衰败、疾病，以及永诀……诗人想表达丧失感，或者即将丧失之感。这是他的哀痛，也使他思考“虚无主义就站在门口”。

从诗的标题来看，既有累累果实又有迟暮秋风，诗人立足的坐标应该是秋天，更像是深秋时节，他站在深秋的位置，看到的却是真切的整个四季——全部人生的真相，并且“越来越接近真相”。是的，诗人对于春夏秋冬四个季节都写到了，但无论哪个季节，都让他感到紧张，感到迷惑，甚至颓败。看看春天，“立春之后的日子更加虚无 /……/ 每个人都走在回去的路上”，甚至“又一个春天看到的冥界真相”“春天的原野上 / 响彻着亡灵们次第而去的脚步”“被急切的夏季追尾后春天的心事散落一地”；至于夏天，“春天的花朵之爱散落在夏天的废墟上”“一场急雨后的清凉是可疑的”“许多人在夏季到来前已与茂盛无关”；秋天又如何？在秋天“对空洞或灵异的声音可以假装没有看见”“一切都似曾相识又面目全非”“没有心情再从容面对一场秋雨了”“不断叠加的死亡拥堵在每一个秋之门”“中秋夜没有团圆月。亲人们的对话 / 像稀薄的空气”；相比较之下，诗人更是用了很多篇幅来写冬天，因为他此时此刻虽然站在秋天的坐标上，但是已经“在提前到来的寒冬感受到了风的怨气”，他意识到“已经没有多少时间了，我们就要和自己的影子 / 一起退回到别人的记忆中”。相对于春夏秋三季，冬天才是大结局。于是，诗人在最后一章里写道：“生命的严冬实在过于漫长了”。这句诗似乎也在回应着第 4 章里所写的“是的,无论怎样都得过完一生”。“生命的严冬实在过于漫长了”容易使人想起穆旦的《冬》,里面有“多么快，人生已到严酷的冬天”诸句，据说这是后来修改以后的版本，在诗歌最初发表时里面复沓的句子原是“人生本来是一个严酷的冬天”——由此可见，如果人生如同春夏秋冬四季，冬天才是它的真相。戴小栋在此诗中对于冬天的描述和感慨，比穆旦更加冷静，更加绝情,当然他跟穆旦一样,都体现出了某种程度上的“忍耐”之意，或者说“苦熬”。福克纳所有小说的深层含义均在于此。面对苦难，面对时间和无限，对付的方式不应该是逃避，而只能是苦熬。苦熬就是直视这个困境并且从头到尾地穿越这个困境，经历这个困境的全过程，人类只有这样才能保卫内心免于外界暴力的摧毁，才有到达澄明境界的可能，才可通向真正的胜利。这漫长的严冬是有意义的，无论是肉体上还是精神上的磨难，都最终会使得我们对外部世界变化更加敏感，于是意识得以产生，心智得以发展，灵性得以精致化。所以,诗人听着铲雪的声音,“内心的力量开始慢慢生长”,“雪反复落下”，诗人“忽然涌上了难以抑制的和解冲动”。人生的冬天并不全是悲哀的，从这悲哀之中其实还能产生出昂扬的激情，它似乎为人生的其他阶段和时节背负起了十字架，必须经过陵墓和死寂，然后才能复活。于是这人生才真正地具有了深度，必须穿过幽长而昏暗的隧道——这灵魂救赎之路——才能看到终点的光亮……也许这就是疾病和衰老的哲学原理或宗教意义吧。

诗中更是正面写到了死亡,提及“冥界”“亡灵”“生命坍塌”“凶讯”“不断叠加的死亡”“墓地”“行将就木”“倒卧的钢铁躯体一点点冷却 / 怀念它刚刚周祭的主人”“行进的亲人队列倏忽少了一人”，还有,医院里的呻吟和血肉模糊的情景……当然，即使那些没有直接写死亡的诗句，其字里行间，也会常常笼罩在一种无法把握的不可知也不确定的主观幻象之中，那是恐惧正在悄悄逼近的不祥之氛围，这种对于死亡的完全不避讳，更接近西方人对于死亡的态度。

最终，正是这各种无法避免的险境，“乌云以巨大的板块西移”，更进一步地使诗人认识到了作为人的局限性——无论是谁，一旦能够深刻地意识到这种局限性，他的自由意志将顺从于更高的主权，从而走向伟大的谦卑。

这首诗中多次直接提及“虚空”，诗的题目后面有题记“云之卷舒，禽之飞翔，皆在虚空中”，后面又写，“稍不留神就会再次跌入虚无的泥潭”“看到了边缘 / 空洞和其他一些生命的本质”“虚无主义就站在门口”“立春之后的日子更加虚无”……无论使用了“虚无”“空洞”还是“虚空”，诗人对于生活意义或者生命意义，既没有明确地肯定也没有明确地否定，而是表达出了自己的深深疑虑。虽然诗人写到了浅草寺的佛身，但他又说，“秋天是离天国最近的季节”“唯有被上帝眷顾的人 / 才会再次看到晴空”，这些句子让人想到这个世界之外，想到更高处的力量。对于他的所谓“虚空”，我所理解的，并不是佛教上的“空”，而是《圣经·传道书》中的那个“虚空”之义：“虚空的虚空，虚空的虚空，凡事都是虚空”“我见日光之下所做的一切事，都是虚空，都是捕风”。是的，整个外部世界都没有意义，唯一的现实只存在于内心，而内心又是那样软弱并且知晓自己的有限。至此，诗人一定曾经这样询问过自己：那么，什么才是永恒？

在整个全诗的末尾，最后两句，诗人似乎又暂时返回到了复活的春天的后花园，这其实是他自我救赎之后的春天，这时，他决定做什么呢？他决定“移步换景，写下哀痛日记”。这首诗的最后一个动作竟是：拿起笔来写作。这使我想起卡夫卡的意见：“你活着的时候应付不了生活，就应该用一只手挡开点儿笼罩着你的命运的绝望，同时，用另一只手记下你在废墟中看到的一切。”而《哀痛日记》这几个字，曾经是一个书名，是法国符号学和结构主义文学理论家罗兰·巴尔特在丧母之后的两年里写下的日记，以记录哀痛——一种缠绵的绝望，以及自己对于这种哀痛情绪渐渐发展出来的由浅入深的认知。戴小栋或许读过此书并认可这种最终用文字来解决一切的办法吧，诗人用他的诗来直面现实和命运，他不仅记录下了哀痛，也记录下了虚空。

三、戏剧性

这不是一首用口语的直截了当来获得力量的诗歌，而是一首四面八方每个角落都充满暗示的诗歌，但它并不晦涩。这也不是一首纯粹意义上的抒情诗，而是带有很明显的戏剧成分和元素。

这首诗的戏剧性表现在，诗人很擅长设置场景，包括特定的某个时刻、某个地点、人物、对白、细节和戏剧冲突——尽管这种冲突绝大多数时候只是发生在人物的内心。至于对白，有时是诗人独白，相当于自言自语，有时是诗人对着观众听众或读者在说话，有时是诗人虚构出来的诗中人物正对着诗人在说。而在这些戏剧性的设置中，诗人把自己对世界的看法放了进去。

诗里有很多个戏剧性构架的场景。比较典型的有，第 1 章里去往成田机场的那一幕，雨夹雪的东京、浅草寺、出租车女司机、不知是独白还是对白的“没有消息是最好的消息”；第 5 章，这一幕剧，应该是发生在黄昏乃至夜晚的夏日湖畔，烟波、鱼鹰、湖边独立的人或者并立的人、池中的鱼；第 8 章里那个情欲之后的场景，打开电脑看韩剧、不知所措的茫然与尴尬、窗外的飞雪；第 12 章，医院场景，女医生与我的对话、“脸为什么会突然肿起来呢？”挂吊瓶的老妪、从走廊里听到的市声、污秽的墙壁；第 14 章，大概是一幕洗桑拿的情形，旋转门、浴床、一字儿排开的肉体、地板上的疤痕。第 16 章，是一幕有关节日家宴的戏剧，没有月亮的夜空、亲人们的对话、酒杯、豆浆、年长者的眼睛、我手中的方向盘。借助这些戏剧性的场景，诗人既是观众也是演员，可以更方便地既从内部也从外部进行多角度的观察，同时也昭示现代生活其实已经丧失了它本身的内涵和本质，只是沦为一出又一出的“戏”而已。诗人其实是想借助这些戏剧场景来展现现代人荒诞的生存状态：无休无止工作着的徒劳，爱的虚假与欺骗，日常生活中不经意显露出来的丑陋与无奈，早衰和疾病的逼近，现实世界的不真实以及幻象。

诗人所选取的这一个又一个场景，像是一个个独幕剧，全都是取材于现代都市。戴小栋是一个典型的城市诗人，他描写的都是市区景象，他使用的是高度强化了的城市意象，这些高强度意象将他这个诗人紧紧包围起来，形成了一个封闭的空间，那里面回荡着诗人自己的语调，诉说着人类正被自己创造出来的所谓文明异化的病态与苦情。这类城市场景的诗歌，与同时代其他一些诗人诗歌中的田园景象，形成了一种抗衡或者说互补。

这些戏剧性场景的设置，使得这首诗在写到往事尤其是生命中的荒芜的时候，手法也是有些戏剧色彩的，采取了尖刻、赤裸和激烈的方式，偶尔也夹杂着一丝冥想和神秘主义的情趣。它当然缺乏像米沃什《礼物》那样的冲虚和平淡的口吻，或者换言之，态度不够从容——然而，这里恰好并不需要从容，而是需要对于惨淡真相的直面，至少也要唤起直面惨淡真相的勇气。因为写这首诗的诗人，尚未年迈，他只是在为年迈做着准备，他正尝试着与自己达成和解，他正在做着这种努力，但还没有完全达成。

在这首诗中出现的所有事物之中，似乎只有那只小狗没有怀疑过这个世界存在的意义。这只狗应该就是诗人自己的爱犬，据说诗人的微信头像就用了这只小狗的玉照。“一只宠物狗从毛茸茸被还原为瘦骨嶙峋 / 则需要一个小时和一把剃刀”“踏雪的狗记不清自己的过往 / 兴奋得不能自持”“临门而卧的狗蜷伏着”，这只小狗勉强算得上是全诗中唯一的亮色，它因懵懂而快乐，还没来得及去怀疑这个世界有没有意义。

四、内部破碎与外部平衡，以及音乐性

我猜测，在写这首长诗之前，诗人早已将里面的一些段落和句子准备就绪，或者已经写了出来或者一直在脑海里盘桓，有的部分

也许可以追溯到多年以前吧——那些段落和句子应该早已提前等候在了那里，等候着自己的使命：进入一首未来的长诗。

现代生活的特征是高速度和碎片化，而且高速度使得这些碎片最终成为无法挽回的支离破碎。于是诗人在表现这种现代生活特征的时候，做了一个卓越的工作：对大量的生活碎片进行收集、加工和处理，把那些万花筒一样的城市意象，用强烈的自我意识将它们加固和加强，又用一个个典型的戏剧场景将它们还原、再现和统领。于是，读者会发觉这首诗的内部具有明显的非连续性和模糊性，这正与现代生活本质上的重复性、无意义、混乱乃至虚空相适应，而从整体和外部看去，这首诗又由于诗人天生的平衡能力而竟呈现出了大的轮廓上的完整和清晰。或者说，这首诗的内部充满了喧哗与骚动，而从它的外部看去，它又有着一种总体的安静和大的稳重。这首诗的时间线索，如果从内部看去，也是有些复杂的，诗歌内部充斥着季节更替并往返、时间交错、回忆重叠、事件发生次序的纠缠；而从外部看去，这首诗其实只有一个时间：诗人正活在其间的这个当下或现代。

这首诗中也提及音乐，“乐音是回忆的先导”“从布拉格乐章到古琴曲 / 中间只有一扇虚掩的门”。其实，如果从现代意义上的诗歌音乐性来考察这首诗，也是有话可说的。这首诗在音乐性上是多层次的：它的有些段落，富于传统意义上的节奏和旋律的美感，像“马滑霜浓，不如休去”“交谈，曲调一样轻盈 / 黄昏，羽毛一样落下”“生如夏花 / 灭如火烛”“在越来越寒冷的金属杆下 / 在前生和今世巨大的峡谷中间”“暴雨到来前蜻蜓和蚂蚁竟同时露出诡异的表情 / 她们上下翻飞误打误撞一如午夜时分饥渴的女人……极目望去，春天的花朵之爱散落在夏天的废墟上 / 昨夜的乡宴在酒的助燃下飞升——宽衣解带的美 / 孔明灯飞越天庭后急速下潜：做一只情人节的深海鲍鱼 / 感谢天亮前及时的梦醒让一切在崩盘前戛然而止”，这些句子读起来确有某种组词上、语义上和语感上的对称性，常用于强语调中。诗中也有现代意义上的突兀的不和谐音，像“是的，怎么都行。‘光芒在蝙蝠身上已经瞎了’……”“喜乐结束了。仍有……”这类是作为强语调和弱语调之间的过渡而存在的。当然，除去上面两种情况，还有处于这两者之间的“散文性”的存在，往往用于语调比较弱的时候，这种情形在这首长诗之中当然是出现最多的，最大量的，在每个章节中都有……正是由所有上面这些要素，才最终构成了一首长诗整体上适合于情感起伏节奏的那个现代意义上的“音乐性”，必须是一种隐含在诗人此时此刻正处于的这个当下现代普通生活中的音乐性，才是这首诗歌应该具备的音乐性。

由于上面的结构和音乐性诸方面的特征,这首诗真的可以用“恢宏”二字来形容。

五、这首诗的标题

这首诗是恢宏的。

一首中年之诗，只有写出恢宏之势，才是它应该有的样子。

而如今这个标题《在累累果实与迟暮秋风之间》，这个含有联合词组的介词结构，这个长长的标题，其轻抒情的调式，使得它的模样过于年轻，字面上是“飘”的而不是“沉”的，对目前这首诗的恢宏起到了某种削弱的作用。那首著名的《荒原》，如果像起初那样，标题用《他用多种声音朗诵刑事案件》，那么作为现代主义的开山之作的冲击力和影响力将会大打折扣。同理，简言之，如今的这个标题配不上如今的这首好诗——实在是应该有另一个更简洁更有力的标题，像一只粗粝的锚，将这艘大吨位的诗歌之船牢牢地拴系到岸上。当然这只是我的个人意见，仅供参考。

这的确是一首好诗。

诗人的任务就是写出好诗。

2018 年 12 月

在这样的孤绝时刻

像《皇帝的新装》里的那个小孩直接说出“可是皇帝什么衣服也没有穿呀”一样，商震写了 230 段大实话，一口气说了 230 段类似“可是皇帝什么衣服也没有穿呀”这样的又真又傻的话。这 230 段大实话，其实是 230 首短诗，每首四行。230 首四行诗，拼贴在一起，取诗集名曰“脆响录”。这个总标题，使我想起小时候玩过的“摔炮”，那是一种一摔就炸的小爆竹，状如蝌蚪，不需要点燃，只随便那么一摔一扔,就发出“劈叭”的爆炸声,脆响脆响的。我想，这一本子诗，大约就相当于这么一袋子摔炮吧，内含 230 支，每一支都可以摔出脆响的动静来，把毫无防备的过路人吓一跳，好在比较安全，造不成伤亡。“可是皇帝什么衣服也没有穿呀”，这句话就像在人群里扔了这么一个懵懂的摔炮，把大家吓了一大跳，使得那些游行者和观众感到既无奈又好笑，最后总归还是兴奋和欣慰的吧，总算有人替大家说出了真相，心中那块狐疑的石头终于落了地。《皇帝的新装》里那个冲动而透明的小孩，我猜他的星座一定是白羊座，现在写出这 230 段大实话的诗人也是白羊座的。

我们关心的其实应该是，这 230 段大实话，是如何成为诗歌的呢？

有人写十四行，有人写四行。对于商震的这 230 首短诗，我想自作主张，送它们一个未经深思熟虑或许并不符合学理的名称："四行现代自由绝句体。"这个集子中的每一首诗，都没有标题，而只是带着阿拉伯数字的编号，颇类似于某些音乐标题，诸如钢琴奏鸣曲第多少多少号，也类似于某些绘画标题，诸如人物第多少号、风景第多少号，这使得作品在立意上更具有了开放性。

这里面的每一首诗都属于一个特定的"孤绝时刻"。这是一个又一个里尔克式的"严重的时刻"，诗人的感知被高度浓缩进一个又一个"四行"里，把在生存中积攒的怨气——毫无疑问属于一些负能量——统统都转化成了丰盈的甚至是迷人的正能量来爆发。这里说到怨气，绝无贬损之义，因为原本"诗……可以怨"，因为原本就有人作《离骚》，其标题亦有"牢骚说"。在这里，每首诗都是一种碎片化的呈现并且相对独立，而一旦将这 230 首综合在一起，在拼贴中产生出平衡效果，有一个完整人物形象还是不可避免地渐渐凸显或者说被塑造了出来：这是一个从世俗炼狱里挣扎着飞升并涅槃的中年男子形象，由于突然发现世界冷酷而荒诞的真面目而感到痛苦、迷茫、恐惧、孤独、讶异、沮丧，然而很快他又自卫般地转入反讽、顿悟和镇静，从无所畏惧过渡到知晓人之局限，最终可喜可贺，智慧的自省将他推向了更辽远的精神之巅。

在这里，每一首诗都是情境化的，是一个小小的舞台，每四行文字都像一个微型剧本。那个站在聚光灯下舞台中央的主人公并不是一个周吴郑王的人，他身上有一股子天真的邪气、生机盎然的莽撞，其正义感与破坏力相当。在这种四行诗句的简洁形式之中，前两行诗往往是一幅并不排除优美感的画面，允许情绪的高压电流途经而过，其诗的机制又足够强大到不被烧毁，将这情绪成功地转变成了智性。于是后两行诗则往往成了接近格言、箴言和座右铭的句式，有的则干脆接近预言，用含混不清却是生动可靠的方式发出原生态的预言甚至是带有挑衅性和侵略性的预言。就这样，从表现手法、思维逻辑和语势上来看，前两行似乎是一个摔的动作，后两行则引爆出了脆响。毫无疑问，在这些每首仅仅只有四行的短诗里面，也有着始于愉悦终于智慧的方向性。

当把这 230 首四行诗当成一个整体来观看的时候，其内部恰好同时具有了 T.S. 艾略特所认为的诗歌的三种声音：第一种是诗人的独白，第二种是诗人对读者说话，第三种是诗人借用他创造出来的人物在说话——这三种声音归根到底都是诗人自己发出来的声音，只不过表现角度不尽相同。在这 230 首诗中，有的诗，四行全是独白；有的诗呢，前两行似乎在独白或者似乎不对任何人说话，而后两行则仿佛成了对着读者讲话；当然还有像第 106 首、第 133 首、第 143 首、第 180 首、第 213 首那样的，诗人明显在借着诗中他虚构或特意安置的人物（事物）之口在说话，属于第三种声音。正是这样至少包含了三种声音的语调构成，使得这 230 首诗作为一个整体，呈现出语感上的参差和活泼，从不同角落吸引着注意力。

这些四行诗所使用的最基本手法是隐喻，而且大都是自然隐喻。诗人做了这样一种尝试：通过使自然风物与人性发生有意义的联系来定义并解释人性，同时把诠释人类生存悖论的任务和拓展精神地平线的责任放到了自己的头上。诗人从大自然之中发现了人的情感，同时也从人的情感里发现了大自然。这里的每一首四行诗，都直接或间接地涉及自然，而诗人的目的并不是摹写自然本身，当然更拒绝托物言志借景抒情,那么诗人的最终目的是什么呢？是想通过“自然”这个媒介来开辟出一条通向“真理”的路径。这些自然隐喻都来自个体经验，来自观察、冥想和记忆，来自将观察、冥想和记忆忘却之后又沉淀下来的意识和潜意识，那是许多个有意味的瞬间和刹那。诗人在进入写作时显然又对这些自然风物以及当时心理状态进行了重构和变形，以期让大海、礁石、鸥鸟、云、暴雨、大雁、风、落叶、菊花、群山、银河、月亮、鱼塘、阳光、白桦林、蚂蚁、冬夜、蜡梅花等自然风物超越它们自己那可看得见的有限性，进而成为无限的一部分。其中很多诗，运用各种各样的自然隐喻表达了对于社会丛林法则盛行而正义和幸福遭到破坏的忧虑。还有一部分诗是对物质时代人类命运的思索。比如，第 108 首，诗人认为鸬鹚因被当成捕鱼工具而失了自然本性就不再是鸟，由此联想到人的被控制的命运，认为这样的人和鸟都只是器具而已。这里旗帜鲜明地对异化进行警示，似乎可以印证康德那个著名的论断：人是目的，而不是工具。第 7 首、第 112 首、第 113 首、第 115 首，都是以大自然中的乌鸦和鸳鸯等鸟类为参照物来观人类，感慨人类爱情中夹杂的阴谋。第 151 首，在宣纸上用黑色墨汁画一场白雪，当诗人意识到必须以黑来表现白的时候，竟不敢下笔，为这样的世道诡异感到不寒而栗。第 136 首，写白鹭已经飞过去了，而它把灰蒙蒙的长天切出来的那道伤口却留在人的头顶上。这一首或许能引人联想到泰戈尔的那句“天空中没有翅膀的痕迹，而我已经飞过”，二者的诗意方向恰好是相反的，算得上同工异曲。第 217 首，写水面的垃圾和湘江之水一起奔向并注入伟大的长江，这里仿佛暗示宇宙间有超越世间道德和人类伦理的更高一级律法存在着，正如《圣经》所言：“神叫日头照好人，也照歹人，降雨给义人，也给不义的人。”

另外，语境重置以及语境重置之下的代码混合、多层叠加，又使得这些诗歌具有了鲜明的现代性。在这一批四行诗中，诗人擅长把某个熟悉的图景或者意象放置到一个崭新而陌生化的符号系统之中，以此来改变那个熟悉事物原有的含义，同时对符号系统形成戏仿或反讽，由此构建出所谓诗意来。这种语境重置使得两个或两个以上相距遥远的平凡事物之间忽然建立起了新联系，构成了新含义，通上了新电流，于是有机地产生出了意想不到的惊奇之效。这样的诗意一旦产生，无论读上多少遍，它都在原地，不会消失。比如，第 87 首，对于北京周边下雪而唯独北京市区不下雪这个现象，诗人给出的解释是，雪也得办“进京证”。进京证本是某些外埠车辆进首都时的临时通行证，雪这个日常生活里人人都熟悉的自然界风光图景，忽然被放置在了一个与现行社会规章制度相关的符号系统中，于是产生出了一种悖谬的非诗化的诗意，同时还对原本熟悉的事物以及固定符号系统之中所包含的某些根深蒂固的刻板印象形成了质疑。第111首，把孔子的“三人行，则必有我师”这一儒家经典语句置换到现代人际关系这个新的语境之中，诗意尚未来得及确立，又似乎隐隐约约地与叛徒犹大的典故相混合。一东一西两种文化代码叠加在一起，相互改变并丰富了彼此的内涵，产生出诡辩而机敏的诗意。至于第173首，则将北京话和东北话这样不同的方言代码相混合相对照，表达出边缘之于中心、少数之于多数、个体之于集体、弱势文化之于强势文化、地域乡愁之于全球化平均主义的疏离和对抗。

写作《脆响录》的过程，对于诗人，想必有着为让真相裸露而把窗纸一层层都捅破的快感。“可是皇帝什么衣服也没有穿呀”，体现了自由意志的强劲和直面惨淡人生的勇敢。而与此同时，另外一方面才是最重要的，这个写作过程也是诗人自我救赎的过程。诗歌有一条既严守秘密又泄露秘密的通道，进入人的灵魂和意识的最深处，使痛苦升华并得以放射出光辉——从这个意义上讲，诗歌拥有特权，而且比其他任何一种艺术形式都拥有更大的特权。最后必须要说的是，对于可以使用这个诗歌特权的人来说，这是上天的恩典。

2020年2月25日

欧阳昱的诗歌试验室

阅读诗集 *Flag of Permanent Defeat*，对于我，是一个心情渐变的复杂的过程。这本诗集以海明威小说《老人与海》里出现的词组“永久失败之旗”做了书名。阅读此书的过程颇为不易，感觉作者就是那个古巴老渔夫，读者则成了那条巨大的大马林鱼，两相搏斗，永不言弃。

我认为欧阳昱是一个大搞诗歌试验的“恐怖分子”。为了能够实现他个人那个完全自由彻底解放的“无政府主义”的诗歌理想，他竭尽全力地与诗歌传统“作对”，“极其放肆”地冒犯诗歌正统，不惜把古今中外所有诗歌的传统和正统的理念都当成陈词滥调来叛逆并且推翻。是的，为了他自己那个 P4 级别的诗歌病毒试验室，这个有着很高的教育背景并且外表看上去颇文雅的人，愿意将原有的诗歌基因序列统统打乱，重新编排并重新改装，甚至斗胆插入进去一些前所未过的新的基因片断。这个诗人放弃了一切取悦读者的可能，同时大概也包含被认可及获取世俗荣誉的可能。他宁可让别人认为自己是一个面目可憎十恶不赦的“魔鬼”，也不打算有丝毫妥协；他宁可以永久失败为代价，也要来获取个人诗歌理想的实施。他大约认为这样的失败也是完美而永恒的，值得将这样代表先锋精神的旗帜一直高举着，直到世界的末日。是的，谁也无法阻挡这样一个诗歌狂人来成就他的诗歌伟业，谁也无法阻挡他在现代诗歌写作中像“法西斯”一样既狂妄自大又狂飙突进，并且完全不计代价，完全不计后果。

这一本诗集中的这些诗歌，很像是对诗歌传统和诗歌正统所进行的一场高智商犯罪。但是一路读下来，渐渐克服心理和生理上的不适之后，又开始为这个诗人的独立意志和冒险精神所折服。也许正因为有欧阳昱这类诗人和诗歌的偏执狂般的存在，才使得现代诗歌园地能够不断地接受无比新颖甚至无比怪异的声音的冲击，让现代诗歌写作不至于昏昏欲睡，而是永远保持着警醒，永不停止探索的脚步。对于欧阳昱的这些诗歌，不管是喜欢还是厌恶，读者的审美惯性都能被大大地刺激到，以至无法否认它们的生机勃勃，进而可能进一步觉察到诗歌探索的半径原来可以如此之长，诗歌探索的方向原来竟可以如此多维，诗歌探索的可能性原来竟是如此之多元以至于无限。正如居里夫人在一大堆矿物垃圾里试验了三千多次，失败了三千多次，最后才提炼出几克镭来一样，现代诗歌的前进也犹如自然科学的前进，需要有人在实验室里以身试毒，以身试放射线元素,需要有人离开既有的正确和安全的地带去不间断地“试错”，给自己犯错和纠错的机会，又在这样的也许是对莽撞行为的尝试之中进一步确认究竟什么才是正确的和有价值的。在所有文体之中，诗歌是最接近行动的，现代诗歌更是一场革命行动。现代诗歌需要有欧阳昱这样的先锋队队员和敢死队队员，走到最前面去冲锋陷阵，甚至率先行进到雷区去排雷，这样才有使队伍真正前进的可能，哪怕这前进是微小的，毕竟还是一点一点地在前进着。这个世界不能只有人在后面防守，还得有人在前面开路，这才是一个合情合理的世界。从这个意义上讲，欧阳昱这个在文本上似乎偏离轨道的诗人，何尝又不是一位对待诗歌写作极其严肃的诗人呢。

我把对这本诗集的阅读印象分成四个方面，打算从以下四个方面来分析一下这个诗人和这些诗歌是如何“先锋”或者“先疯”的。

1. 英汉双语的疯狂混搭以及多文化的任性叠加

这是一本英语诗集？不是。这是一本汉语诗集？不是。这是一本汉英对照诗集？不是。这是一本英汉对照诗集？不是。这是一本夹杂了汉语的英语诗集？不是。这是一本夹杂了英语的汉语诗集？不是。那么这究竟是一本什么语种的诗集呢？嗯，好吧，这应该是一本把英语汉语完全混搭着——两种语言同时使用且平均用力——写出来的一本诗集。

有人这样写过书吗？至今没有发现。问题是，这世界上有规定说只能用同一种语言来写同一本书吗？似乎也没有规定。

把两种语言混搭着写作同一本书这件事，已经举世罕见，问题是,像这本诗集里眼下所做的这样让两种语言混搭到了如此令人“发指”的地步的，则只能是绝无仅有了。现在，不仅在这同一本书中英语汉语同时使用着，而且在同一首诗里面也是英语汉语同时使用，甚至在同一个句子里也会英语汉语同时出现，而更让人匪夷所思、突破底线的是，诗人有时候会在同一个英语单词里面夹进去一个汉字，有时会在汉字之中使用上英语字母，还时常会模拟与国际音标相类似相仿佛的发音，用汉语字词去替代英语单词，用英语单词去替代汉语字词，偶尔，还会冷不丁地冒出来不知来自什么地方也许是诗人故乡湖北的方言字词发音来，混在这英汉混搭的文字里……我真庆幸诗人只能熟练使用汉语和英语这两种语言，让我得以读懂这本诗集，如果他同时还掌握葡萄牙语、韩语、希腊语、阿拉伯语、俄语、塞尔维亚语、蒙古语，那就实在太糟糕了，那对读者将是一场真正的天灾人祸，诗人定会写出一本各语种联合混搭而成的书，整成天下第一奇书，地球人没几个能读懂。

欧阳昱的这种英汉双语混搭，并不是把两种语言生拉硬拽到一起，而是把它们有机地镶嵌在一起，属于一种天衣无缝的“合璧”。

这本诗集里有一首诗，题目就叫《合璧》，似乎表达了这样的心思。在这首诗里，像文白夹杂一样，诗人汉英夹杂着说话："half 心 half 意 / 现实 shit 一样 ugly / 我不 like 她，不能被 force 着 like / 也不能逼着 self 去喜欢 / 只有 death 一样地睡去，才觉得 comfortable / 外面 loud 起来 / 响动 attached 我的 eyes……"类似例子在这本诗集中还有很多。也许有些读者认为这样很别扭很生硬，而对于这个世界上那些不得不生活在两种语言环境里并且需要快速来回切换的人来说，这可能就是他们日常生活语言的一种常态，一种非常真实非常自然的状态，甚至在他们不发出声音来的时候，这也已经成为他们身体里的一种内部语言状态了。所以，这首诗在这里既是创作也是如实记录，确实不是硬掺和，而只是"合璧"。一些在海外生活了很多年的华人，总喜欢汉英夹杂着说话，他们如果不这样，有时候真的就无法将很多事情表达得清晰流畅，甚至如果不这样，反而成了另一种刻意和另一种不自然。其实就是不生活在国外的人，就是生活在当今中国的人，在当下这个全球化环境里，由于各种各样的原因，也难免会这样汉英夹杂地说话。我的一个生活在双语环境里的好朋友，爱喝那种加了蜂蜜的热红茶，她总是对我说："你要不要来一杯小蜜 tea？"我无法想象她硬改成对我说："你要不要喝一杯小蜜茶？"那会多么矫情，连我都受不了。同样是这个朋友，每当聊天说到康德哲学中的问题，必得汉英夹杂地去讲，每逢重要概念几乎全用英文单词，如果要求她全篇非得使用汉语来讲不可，反而成了另外一种刻意为之，那反而会把她累坏，同时可能也表达得不是那么清楚了。她原本读的就是德文版和英文版的康德，如何到了谈论康德时却一定得逼着自己在心里加入一道翻译成汉语的工序呢？难道只是为了表示自己对母语不忘本？

汉语和英语，在欧阳昱的这些诗中，彼此都想从对方身上寻求新的出路，寻求更加自由的地平线。是的，它们要"译想天开"，它们要"打破新天"，这两个加引号的词语恰恰都来自欧阳昱本人，前一个是他关于自己的翻译经验的专著的书名，后一个是他翻译并编纂的中国当代诗人诗选的书名。从这两个书名可以看出，诗人老想把天空捅出个“窟窿”来。

再来看一首叫《落》的诗，在这首诗里，实际上举行了一场汉语和英语在组词方面的大比拼。若将两种语言放在一起进行比较，不论优劣只论特征，那么，汉语在造字上的最大特点就是一字一音并且可以单独成义，汉语的字就是词；而英语则很不相同，除了极个别的像“a”“an”“I”之外，基本上都要靠元音和辅音连缀而成，靠相拼来组成一个词，并被赋予意义。随便举例举到“落”这个汉字，我们可以使用这个汉字作为一个共享汉字，来组成很多含“落”的词语，而且它们的含义都是相仿的和相近的，至少也是有着某种关联的。正如《落》这首诗中分行列出来的那些：落魄、落草、堕落、寥落、落马、落单、失落、村落，落落寡合……而在英语中，无论是模拟出来的发音还是大致的内涵意义，最接近“落”这个汉字的是哪个英语单词呢？诗人在这里找到了“lose”和它的过去分词形式“lost”，尤其是后者，恰好汉字“落”的声母和英语单词“lose”“lost”开头的辅音是相同的，同时恰好汉字“落”和英语单词“lose”“lost”都有“丢掉”和“丧失”之义。于是，诗人把汉语的“落落”用英文写成“lost lost”，由“落落寡合”一词，他又无诗不欢地引申出了“落落寡诗”，写成“lost lost 寡诗”。而“失落”，同理也被他无诗不欢地运用汉字的同音异形特点故意写成了“诗落”，又进一步写成“诗lost”。在这场以“落”为例的组词大比拼中，汉语似乎完胜英语。

在这种无限制的混搭之中，诗人甚至从拼音文字中挖掘出了象形特质以及从象形文字中挖掘出了拼音特质。比如《山重水复》这首诗，除了标题使用汉语，内文部分则全是用英语写就。诗人把“mountains”和“waters”分别使用以“repeat”为词根的各种词形联结起来，它们分别是过去分词 repeated、略带贬义的形容词 repetitious、中性形容词 repetitive、动名词 repeating，而最妙的在结尾，诗人把“mountains”的首字母大写“M”用来代指山，把“waters”的首字母大写“W”用来代指水，排列成如下的样式：

M M M M M M M M M M M M M M

W W W W W W W W W W W W W W

这里，M 的样子，比较接近一座山的形象矗立在那里，接近汉字“山”，许多个 M 就是“山重”；而 W 的样子，则很像水波在起伏着，接近汉字“水”，许多个 W，就是“水复”；还有，M 和 W，这两个字母在形状上，又是颠倒过来的一对相似形，互为倒影……这样一些 M 和这样一些 W 排列在一起，像不像是一排山正倒映在一道道水中？桂林山水图？诗人的这个发现是了不起的。就这样，诗人从拼音文字里发现了象形的因素，他竟然用拼音文字里的象形因素完美地解释了汉语里的“山重水复”。

象形文字和拼音文字之间，除了可以相互模拟形状，更有英汉双方相互标注彼此读音的情形发生。在欧阳昱这本诗集中，可以举出很多汉语和英语这样互相模拟对方的饶有趣味的例子。

这样的例子真是不少，这当然是由于汉语拼音标注与国际音标标注在根本上相通之故。在欧阳昱的诗中，英汉双语混搭着互相标识的情形，有时纯粹是出于读音相仿而这样做，有时则不仅仅考虑到了读音相仿，同时还可以是有意识地制造词语的某种暗示性或者语带双关。比如，*Miss Takes Taken* 这首诗中有这样的句子：“But I know 瓦特 that is:”，这里中间夹进去的这两个汉字“瓦特”，实际上是“what”，二者发音相近，所以就以汉语读音代替了英语读音，或者说以汉语来标注英语读音了。而“瓦特”在这里也不是只按照发音来完全随意使用的一个词，“瓦特”既是指工业革命时期的发明家，同时也是电流功率的单位名称，而联想到全诗开头的那句“不要懒惰”还有后面的“烦人的人”以及“宁做太平狗，不做乱世女人”，“瓦特”这个表达能量的词语就与全诗所要表达的内容主旨之间发生了一定的关联。这使我想起小时候刚学英语的时候，由于还没有学会国际音标，所以为了记住英语单词和英语句子的读法，就在那英语后面标注上匪夷所思并且无厘头的汉字，比如，在 Good morning 后面标注上“狗戴猫铃”。同理，反之亦然，以英语读音代替汉语读音，以英语来标注汉语读音的情况也不少。《Two 宰场》这首诗的题目以及里面的“磨刀 whore whore”，汉字的“屠”用英文单词“two”来代替读音，“霍霍”这个象声词用英语单词“whore whore”来代替读音。还有《天》这首诗里面，老天，写成“loud 天”；我的天，写成“word 天”；苍天，写成“chant 天”；瞒天，写成“man 天”……这些地方，都是用英语单词的读音来代替这个位置上原先的那一个或两个汉字的读音，那是因为这个位置上原先那一两个汉字的读音恰好与某个英语单词的读音相仿。那么，当外国人学汉语的时候，如果还没有学会汉语拼音，为了记住汉语的发音，也完全可以在汉语后面标注上风马牛不相及的英语吧？比如，2008 年，一个从来没有学过汉语的美国女诗人忽发奇想，想用汉语朗诵我的诗，于是她突击了一个下午，请懂汉语的人教她读那些汉字，为了记住那些汉字的发音，在每一个汉字后面她都认真地标注上了她自己能够看得懂的英语，那英语的发音恰与那个位置的汉字发音相仿佛，比如在“蝴蝶”这个词后面，她标上了：who dear 。

欧阳昱将这一类行动走到了极端，有时候他竟然在同一个汉字内部或者同一个英语单词内部大搞这种读音标注实验。*ing* 这首诗里，有这样的句子：“叶 are 绿 ing 水 / 水 is 白 ing 夜”，这里给“绿”字加上了 ing，给“白”字加上了 ing，这里怎么理解呢？理解成“叶子是正在绿着的水 / 水是正在变白的夜”，还是理解成“叶子是绿盈盈的水 / 水是白泠泠的夜”？再看另外一个例子，还是在那首 *Miss Takes Taken* 里，第一句：“Don' t be 累 zy.”这里“懒惰的”的英语单词 lazy ['leɪzi]，有两个音节，第一个音节 la 发音是 ['leɪ]，很接近汉字的“累”，所以诗人在这里就将这同一个英语单词分成了两部分来写，第一个音节写成汉字“累”，第二个音节不变，仍写成

“zy”，于是这个英语单词 lazy 就写成了“累 zy”。就这样，“懒惰的”之意的这个英语单词内部竟然出现了一个“累”字，“懒惰的”和“累”，联系在一起，略有反讽意味。同样，还是在这首诗里，另外也出现了一模一样的情况，“……of course，not my 菲 vourites”，将 favourites['feɪvərɪts] 这个单词的第一个音节 fa，根据读音，写成了“菲”，诗人就这样自己制造出了一个半汉半英的词：菲 vourites。

这些汉语英语的“混搭”，既是物理反应，更是化学反应。汉英丛生，象形文字和拼音文字这两种原本相距万里迢遥的语言，经过两相对峙和两相联盟，彼此渗透进了对方的肌理和骨髓。渐渐地，双方竟佯装不知或者压根已经忘记对方是跟自己完全不同的语种了，从段落、句子、词义、读音、形状、偏旁或字母，总之从最大元素到最小元素，它们相互模拟，相互映衬，相互注释，相互激励，仿佛分成了两组的小朋友聚在一起做游戏：丢手绢、捉迷藏、老鹰捉小鸡、弹玻璃球、跳皮筋……两组小朋友越来越友好，不分彼此。

欧阳昱诗集中这些尽情玩转语言魔方的例子，似乎在印证着巴列霍的观点。当涉及诗歌语言方面，巴列霍认可诗人的个人规则而不认可集体规则，他认为只要不脱离语言的基本法则，“诗人甚至可以在一定程度上根据情况改变同一个词的字面上和语音上的结构”。

不仅有多种语言混杂在一起的情形，更有多种文化背景同时出现并任性叠加，高度压缩进同一个场域之中的情形。那首《回忆》写的大约是诗人在哈萨克斯坦参加国际诗歌节的情景，诗中写了至少十几个国家十几种文化符号里的诗人之间的交流和自说自话，内容涉及文学观念、政治、饮食、体育、金融、生态、婚俗、体制、历史、死亡……至于那首《义乌一行》写的可能是在浙江义乌参加一个国际文学活动的情形，里面以“义乌”这个地名尤其是“乌”这个汉字为轴心将想象和经验铺展开来：黑人的眼长在义乌的唇上，遇见乌干达黑人诗人，义乌是乌干达的乌，乌溜溜的黑妞义乌溜溜的，顺毛卷毛乌鬼国，乌江指义乌江，黑人把义变得更乌，雨滴虽小但单独而有力量以至胜过乌合之众即义乌合之众，爱乌及义乌……里面的地点是中国，涉及的国家多达六七个，内容涉及诗歌、艺术、性、政治、商业、自然地理、交通等等。上面这两首诗虽然都与特定的文学活动相关，但这种多元文化任性叠加在一起的情形，在哪个业界都存在着，其实是当今地球上相当一部分人士的真实生活状态。

无论是语言本身的疯狂混搭，还是文化意味上的任性叠加，结果是都把多元的语言和多元的文化高度地糅合进单一的诗歌作品里了，这个包含了这一切语言文化交响的诗歌作品便成为一个独特的存在和新的发明创造。

这种疯狂混搭和任性叠加，一定与诗人欧阳昱那中国—澳大利亚、东方—西方、汉语—英语的多种族多文化生存的身份和背景有关。我不知道这种现象是否是在暗示着一个久居国外的华人的身份焦虑，当然也许恰好相反，或许也是这双重身份和双重背景反而使他变得游刃有余，从两个方向上都成了一夫当关万夫莫开？其实，同时我又认为，这种身份上的混杂，只能算是导致“混搭”这种状况发生的一个十分外在的原因，真正的内在原因是在当下这个网络无处不在的星球上，我们人类即使足不出户实际上也或多或少地生活在一个杂交的文化背景里了。我一个朋友的母亲，一个生活在中国偏远乡下的八十多岁的不识字的老太太，每次接电话时都要连连对他的儿子说“OK”，而我自己的妈妈并不懂英语，却常常把“pass了”这样词语挂在嘴边。如今，写作这本诗集的诗人很想从语言学角度，用一种夸张的放大了的形态来反映这个地球村的事实。

这是一个真正全球化的时代。这个时代既有利于一切文明资源的共享，也有利于瘟疫的传播。这是一个好时代也是一个坏时代同时也是一个不好不坏的时代，总之是一个近乎疯了的时代。这个时代的语言也不再是纯粹的，各种语言相接触，进行了不同程度的交汇之后，不可能还保持着各自的纯粹而不相互影响，其实产生出各式各样的语言杂交品种是一种必然。随着人们母语能力和外语能力的提高，将两种以上的语言直接混合使用，将外来词通过音译挪至母语之中使用，或者从理论上反过来将母语的字音移至外语里面去使用……各种混搭情况都会越来越多。这些杂交品种，有的经过沉淀成为正规用语，有的约定俗成，在日常生活中使用，在网络上大面积流行，这些现象都已经成为不可回避的客观事实。与大多数以某种单一文化为主要背景生存的人们相比，诗人欧阳昱的生存游走于东西方文化之间，他对语言杂交这方面的体会当然更多也更深刻，而且对于像他这样一个把语言当作生存手段和工具的人来说，他的体验当然也会更加敏锐，以至深入到两种语言的内部肌理之中。

这种语言混搭和文化叠加的意义是什么呢？我想，一是出于对客观现状的诚实，表示承认和接受；二是想告诉人们：其实我们过去对于语言文化进行截然划分的那种概念化思维可以休矣，语言和文化其实都远比我们已经认识到的样子要复杂得多，尤其是在被高科技大大改变了的当下时代，它们之间的界线并没有我们以为的那么泾渭分明；三是诗人或许想透过这种完全不受限制的混搭和叠加方式来形成一种语言文化上的狂欢，进一步表达自己的某种自由意志和民主精神吧。

2. 非创意的创意，非原创的原创

欧阳昱曾经提及美国的 Kenneth Goldsmith，这个人针对“创意写作”提出了“非创意写作”的理念。我在中国大陆的网络上曾经搜索并进入过这个人的英文网站，可是过了半年之后再去搜，就再也找不见了。

总之，有人已经意识到了这样一个问题，在所有人都纷纷非“creative”不可，纷纷把自己逼上“creative”这个梁山的时候，“creative”便演变成了一种新的专制主义，于是，“uncreative”也

未必不是一种新的自由、新的觉悟、新的出路、新的解放，也未必不是“creative”的一种，也许竟然可以成为一种更加放松的“creative”。或者，我们原本就应该以更宽泛更包容的态度来认识和理解“creative”这个词，“creative”里应该本来就包含着“original”和“non-original”，而后者可以是指从自己的兴趣点和兴奋点出发，借用那些早已经存在着的诗歌素材或者诗歌之外的素材，按照自我需求对它们进行复制、截取、援引或者占据，把它们当成自己的一个新的起点、新的出发点、新的突破点，并且在这些由他人创造出来的既定素材之上烙上自己的印记和见解，使得这些原本“non-original”的素材在重新利用和主观映照之下成为一种新的“original”吧。

这种被拿来使用的早已存在着的素材，其实是一种现成品，也许是由其他诗人作家创造出来的，也许是在公共领域广为流传着的，也许是从属于某种既定符号系统而众所周知的，无须加以注解的。这样的现成品出现在新的作品比如诗歌之中，实际上就使得一个诗人掌握了除原创之外的另外一种权力，即他可以对那些流行作品、经典作品或者固定符号进行重新解读，他可以从个人角度出发赋予那些已被公共占有的作品、物品或符号以新的含义，他可以挖掘出一个早已被大众接受的作品背后躲藏着的另一个未引起足够注意的隐形作品。说到底，这还是一种挑衅，是对公众一成不变的认知的一种挑衅，至少也是一种由我自己来定义而不是由他人来定义什么是诗歌、什么是创造的挑衅。

比如，那首《aiya, 哎呀》，全篇不太短的篇幅里，从头到尾，无非是照搬了两三个日常生活中常常见到、人人都说的谐音词，哎呀，爱呀，爱伢。诗人把这几个相同相似词语编排成诗行和诗节，在高度重复和无比简单的排列之中，诗人对咿咿呀呀并且酸不溜丢的虚假浪漫之风似乎进行了嘲讽。

那首《熟了》，全篇六行诗，其实只有一行：“柠檬熟了，在春天”。不知诗人从哪里听来了或看见了这么一个深情款款的句子，也许是情景写实，也许是从作者脑子里莫名其妙地冒出来的，也许是冷不丁从朋友那里或者广播里网络里忽然得来的，反正，这个句子实在算不上独创，其风格极像某类广告词的开头，又极像是青春美文里的摘句，总之是那种软性抒情篇目里经常见到的用来兴起的一个句型。诗人把这个不知从哪里弄来的既成句子一字不改地照搬进自己的诗里去，竟把它不厌其烦地重复了六遍。第一遍全用汉语，第二第三第四第五遍为汉英混杂，每次只把其中某一个汉语词语改成英语单词。具体说来，就是将“柠檬”“熟了”“在”“春天”分别在四个句子里分四次替换成英语。到了第六遍，诗人则完全启用汉语拼音，又将这个句子拼写了一遍。这很像是代数里的排列组合，计算从 n 个不同元素中取出 m 个元素的所有排列的个数，诗人将这个简单句子里面可能包含的所有汉字与英语单词相混搭而成的方式无一遗漏地全部排列在这里了，竟组成了一首诗。这样写诗，诗人似乎是想用这种表面看去的“非独创性”来挑战人所共识的那种主流意义上的“独创性”，并且告诉我们：这样的“拿来主义”的重新发现和重新排列方式，也应该属于独创，另类的独创。这样的一首诗，它不追求意义，只是以各种显而易见的方式将语言明明白白地摆放在那里，这语言本身看上去又没有多余的外延和内涵，至少不会去发生引申或者遮盖住意义，这样的语言摆放在那里，只凸显语言本身和语言本质。这样一首六行的形式主义小诗，也许有那么一刹那，会让人发现它的精灵古怪之美。

再比如，《奥登》一诗，同样是一首汉语英语相混搭的诗，诗人在诗中提及课堂上讲到奥登，而教材作者小传里未提及这个诗人的同性恋情，于是诗人立刻将一个网址链接引至自己的诗中，这个进入诗中的网址链接，也成了一行诗；这样做是为了表明以下将要出现的内容的实际出处，他把英文网站上关于奥登同性恋情的解说原封不动地复制粘贴过来，拿来了借用了，当然他进行了简单的改造，把网上原本的散文排列方式，用回车键进行了分行处理，使其符合了诗歌样式；再接下来呢，诗人又担心有人读不懂英语，于是他进一步将已经分行排列的这段网上内容又翻译成了汉语，同样当成诗歌段落排列在后面，于是，这样几个段落都成为诗人诗中的组成部分了；最后在结尾处，诗人又此地无银地来了一句“我诗完了”，特别强调虽然我照搬了网站上的内容，可是我毕竟是在写诗啊。为了揭发教材中刻意不提某事或者刻意隐瞒某事的虚伪，诗人坚持要把公共领域里为了某种什么什么莫须有的“避讳”而盖起来的东西，拖到太阳底下去大大地晾晒一番，这样就对教材编写者所代表的那个社会秩序和社会禁忌形成了一种拷问。如此写诗，也称得上一种非创意的创意，一种非原创的原创了。

再比如《苔丝：一个细节》这首诗，也属于把别处的现成品材料直接搬运进自己的诗中来的一个例子，也是一个“非创意”“非原创”的典型。这里借用的是哈代接受杂志社的意见修改小说细节的史料，为了迎合有家室的读者的道德要求，把书中本来描写的一个男人将几个姑娘抱过洪水淹没的小巷这个细节，修改成了用手推车把姑娘们推过去。诗人原封不动地引用了这段史料，只是用回车键将这段史料分了行而已。诗人引用完了，这首诗也就写完了，诗人一个多余的字也没有说，没有发表任何议论。但是诗人的议论，我们似乎还是听见了的，他把一段史料从故纸堆里专门拎出来，又把它分了行排列下来，弄成了一首诗，这么隆重，为何？读者分明能感觉到这段史料的背后还有一段隐形的话语，那正是作者的议论，作者将这段史料以诗的形式摆放在这里，分明是对那种端庄得体的中产阶级道德伦理进行嘲弄。

就是这样，这种非创意的创意和非原创的原创，实际上也在强调着语境转换的重要性，一个正面事物在换了语境之后很有可能走向了它自己的反面，同一个符号在不同语境之中会展现出不同的含义和意味来。当诗人在挪用一些公共符号或者既有素材，放进自己的诗中时，其实这个行为里面往往包含了反思和抵抗的意味。

3. 打破神圣—卑贱、文雅—粗俗、精英—流行的二元对立

欧阳昱的这本诗集之中，他偶尔会使用一些相对来说比较卑贱、比较粗俗、比较流行的语词和表现手法，对所谓优美、纯粹、智性的诗学形成有意无意的反拨，让已经形成了审美定势的人们感到不太舒服甚至反感。比如，一些跟身体内分泌和身体机能直接或间接有关的事物：性交、精液、屎、口臭、阴道、鼻涕、蛆虫……诗人并不刻意回避。在他看来，一些让正人君子避之唯恐不及的意象，一些重口味的意象，只不过是我们当下生存中的真实存在而已，是一个很正常的组成部分。

比如：*shi* 这首诗，构思巧妙，尤其是对于 Pushkin（普希金）这个英译名字和汉译名字的个人化的独特理解，都是非常形象生动的。可是，诗人利用了“诗”和“屎”的汉语谐音，把二者的产生过程相提并论了，将大家公认的高贵之物与大家公认的低级之物，故意混淆，混为一谈，这简直是故意要触犯众怒。然而，这还不算罢休，最后诗人还要把李白、杜甫、欧阳修、莎士比亚等等一起打包，让这些历史上的伟大人物统统都沾上臭味，如此亵渎诗和诗人，恐怕连诗歌的仇敌都会看不下去吧。然而，打破“诗”和“屎”的界限，让它们平起平坐，一定是欧阳昱蓄谋已久的计划之一，他一定要这么干，他打定主意了。

那首 *or* 的后面部分，写美丽活泼充满旺盛生命力的蛆虫，正在尸体上蠕动并吸食着既甜又辣且酸的浓艳的浆汁。这样一个在现实中足以让人呕吐的景象，在诗人笔下竟被写得荡气回肠。他是打定主意要这么干的。

现代文明已经掩盖住了的那些卑贱和粗俗之物，还有精英社会

不屑一顾的流行之物，都可以堂而皇之地出现在这个诗人的诗中，而且有时候诗人还以十分正面的方式来使用它们，并且放置于显要位置。诗人大约是想通过对这些在文化符号体系里并不崇高并不优美的事物的凝视，来展现他对现代文明中的那些负面部分的一些思考，表达对人的异化、制度病态、社会丑陋、生态灾难和政治悲剧的个人见解。其实这种对森严壁垒的刻意打破，是以一个人的独立思想和精神自由为基础的，所以仍然掩盖不了诗人骨子里对于艺术的神圣之感以及他所最终要追求的文雅气质和精英意识。

诗人是想刻意打破神圣—卑贱、文雅—粗俗、精英—流行之间的二元对立局面，他不相信这些概念的外延和内涵真的就那么不可调和那么势不两立。这样做的目的，最终是对主流文化和主流价值观进行消解。诗人从波普文化中寻求灵感，或许还想在诗歌中呈现出一些朋克之风，他用简单、粗暴、明了的方式来表达自己对既定秩序的反叛，向人类的墨守成规和苟且发出挑战。诗人想用蓬勃的原欲动力对谨小慎微的安全意识以及西装革履的成功学表示嘲讽。也许在诗人看来，只有从打破这些界限开始，才会产生真正的创造，而打破这些界限，正是创造的开端。

没错，“玫瑰”和“狗屎”，作为两个词语，无论在任何一个语种里面，都是平等的，没有高低贵贱之分，“玫瑰”并不比“狗屎”更高贵，“狗屎”也并不比“玫瑰”更低贱。甚至，即使不作为词语，而是作为词语所代表的那个事物本身，它们之间也应该是平等的，如果我们硬是要按照某一部分人类的道德伦理去硬将它们划分出等级，很可能会构成对于宇宙里更高一级律法的侵犯。一些写作上的洁癖患者，实际上是写作上的不健康者，其语言文字的免疫系统很可能是过于薄弱的，一旦有社会和人性的不堪的真相犹如病毒一样侵入，那个貌似稳定的审美系统就会一下子崩溃。

当“玫瑰”和“狗屎”在诗中居于同等地位时，也许一种新的浪漫主义就产生了。

4. 在戏仿和失调中寻找快乐或酸爽

欧阳昱曾经不止一次地表示过对当下中国国内某种热衷于哭丧着脸的诗歌的反感，认为那种全无幽默感的诗歌绝不是一种健康状态。欧阳昱自己在诗歌创作中，真的是一刻也不能板起脸来“真正经”或“假正经”。为此，他有相当一部分诗歌使用了戏仿的手法，有时还让诗中所包含的诸元素之间失去协同性，故意造成失调，于是文字表达与最终所述含义往往会呈现出完全相反的方向，形成反讽的效果。

例如，在这本诗集中，有一首诗的标题竟然叫：*Place names Hong Kong, a random sonnet list*，没错，诗人用香港地名捣弄出来一个随机性的商籁体一览表。他把一些香港地名列进了一个表格，这样一个表格就是一首诗。表格左右方向上有四大列，分别是地名的汉语写法、地名的英语写法、地名的拼音拼法、地名字面内涵的英文释义。这样从上往下排下来的表格框，总共有多少行呢？十四行，所以诗人就称自己写的是十四行诗体啦。发源于意大利、流行于欧洲大陆、最终风行于英国且以莎士比亚创作为最高成就的格律诗十四行诗体，就这样被诗人拿来进行戏仿，不仅列了十四行，还煞有介事地列了一个表格出来。格律诗体严谨，表格则更加严谨，结果是对十四行诗体构成了反讽，与其说是向十四行诗体致敬，倒不如说是拿十四行诗体开涮。还有另外一首诗叫 *Moving on*，联系内文，应该理解成“动身”“离去”之意吧。我猜测作者可能是在写自己某一次动身出行，在一个春天里，去中国而远赴澳洲？对于一个往来于中澳两地甚至游走于东西方世界的地球村版本的人士来说，这样的动身远行，本不是什么稀奇之事，生活要继续，爱情要继续，时间要继续，他就要远行。而在航空业如此发达的今天，动辄上演远离故土长相思的剧情——那原是古人擅长的剧本，而不是现代人擅长的剧本——则难免显得有些矫情，一个现代主义甚至后现代主义诗人即使因离开故土而心中惆怅，也是不太好意思或者不屑于运用传统抒情方式来表达的。那怎么办？欧阳昱决定冒险使用一下以毒攻毒或者负负得正的办法，干脆百分之百地古典起来吧，一了百了地传统一下吧，于是，一首有着现代底色的诗中，忽然出现了楚辞，而且是在英文自由体式里面夹进了汉语楚辞体，英文自由诗段落与汉语楚辞段落相间，来回切换，看上去每一方相对于另一方，都是一种严重失调，其实也是相克相生，形成很明显的映照和反讽的效果。这首诗中，英文自由体和汉语楚辞体双方其实是在互相戏仿，当然，诗人的主要目的还是对古人进行戏仿，对楚辞进行戏仿。当描述到春天时，诗人选择了用英文自由体；当表达离别情绪时，诗人则选择了用汉语楚辞体，“远中国而孤独兮 / 净尘埃而清秀兮”“走天下而戚戚兮 / 梦长夜而出世兮”“人已走而河清兮 / 鹤已去而飞鸣兮”。是的，诗人远中国，走天下，人已走。这是屈原和宋玉的楚辞，同样也是欧阳昱的楚辞吧，屈原是楚人，欧阳昱同样也是楚人。这首诗中的戏仿，似乎在无意间提出了这样的问题：面对同样的生命经验时，一个西装革履的诗人跟一个峨冠博带的诗人，究竟在本质上有什么区别呢？还有，传统和现代，究竟在本质上有什么区别呢？以上两种所谓区别，对于一个先锋诗人来说，真的像隔了天堑壕沟而无法逾越吗？所以，这首诗中的戏仿，是有意义的，也是有趣的，既不可避免地又恰如其分地表达出了诗人的真情实感，同时也似乎对一个现代人的真情裸露进行了某处技术上的遮掩式处理，或许避免了一位艺术先锋和诗歌好汉的某种难以言说的尴尬吧。当然，最后，这样的戏仿，还可以提出关于艺术的某些重要问题。

诗人使用他所引用的东西，向着所指涉的那个对象发起了天真烂漫的挑战。是的，这个戏仿的手法说到底仍然不属于激烈手段。诗人大概是想带领他的读者去质疑那些大家已经掌握了的所谓常识，他并没有明确地表示出反对什么或者赞成什么，而是比较温情脉脉地去引导读者知晓作者态度的倾向性，悄无声息地化解一些貌似庄严或者属于戒律的东西。

说到底，这时候的诗人依然很在乎快乐与否，他想通过诗歌寻找快乐，甚至寻找一种比快乐更严重的感觉，一种出乎意料的销魂以及一种带着讥诮意味的爽意吧。也许一个网络词语可以形容这种感觉：酸爽。上帝肯定同意：快乐无罪；而且，上帝还会同意：板着脸也未必就是富有使命感。

说到快乐和酸爽，忽然想起了有一次欧阳昱在朗诵现场的情形。据我目测，欧阳昱从外观和言谈举止上看去，应该算是一个比较文雅的人，说文质彬彬也能讲得通的。当他朗诵自己的诗时，请求全屋子的听众一起有节奏地拍打桌子，跟他一起互动，全场听众就这样一起深度参与到一场诗歌的再创作中去了，每个人都成了那首诗歌的一个组成部分，全场一下子情绪热烈起来。在同一天的晚上，在酒桌上，欧阳昱又要求围坐在一起的几个人一一朗读自己的诗，每个人在读诗时都被要求高高地站到自己的椅子上……在那样的氛围里，原本有些矜持的人也一下子放松了。那个过程，可以说，是快乐的，是酸爽的。就这样，欧阳昱在他那个伟大的诗歌事业里注入了“游戏”精神，很多人都忘记了游戏之乐，忘记得实在是已经太久太久了，而真正能够游戏者，想定应该像孩子一般天然，没有功利之心。

以上四个方面，只是通过对 *Flag of Permanent Defeat* 这本诗集的阅读，对欧阳昱现代诗歌创作中所呈现出来的一些特征进行了粗略的大致的分析。这本诗集给我带来了审美冲击，而这种冲击又引发出来一些对于现代诗歌的思考和再思考。

需要补充的是，我并不认为这里面的所有试验都值得肯定，也并不认为这些试验中的每一项都注定会对现代诗歌写作起到正面的推动作用，但是，还是那个观点，总得有人去试错。试错的时候，至少可以让人眼界一开，感叹一声：哦，原来诗歌还可以这样写啊。而试错的结果不外乎有两种：一是在某些路径上竖起一个“此路不通”的牌子，以警醒后来者，使后来人少走弯路；二是把路径走对了，走通了，走过去了，于是乎就拓展了现代诗歌的边界和疆域，便有后来者跟随上来，走在自由的康庄大道上。

我大约永远不会去写像欧阳昱这样的诗，但我允许别人这样写诗并且知晓这其中的意义，对这样的诗歌探索表示尊重，对这样天不怕地不怕的勇气表示佩服。

欧阳昱这本诗集中有一首《必须》，这首诗可以看成是一个先锋诗人的宣言，也可以看成是一个先锋诗人的墓志铭：

我必须是没有读者的
我才能够写得好
我才能够讲出真话

我必须是在写作时
自认为已经死了
我才能够惊世骇俗

我必须 go against the grain
哪怕到 go against the brain 的地步
一直写到，无法发表

我才能够
写出，自己想看到
而不是别人想看到，的东西

go against the grain，违背原则，格格不入，接下来只是巧妙地改动了一个字母，把“g”变成了“b”，于是又成了 go against the brain，违背大脑，跟大脑作对，跟智力作对，跟逻辑思维作对。诗人正想通过这种全方位的“go against”来为现代诗歌不间断地争得自由和解放，他想要彻底的自由和解放。

先锋的意义，不论成败；先锋的意义，在于抗争。先锋命中注定要孤独求败，然而，即使失败，也是英雄。更何况诗人自己早已打定主意：高举“永久失败之旗”或者说“以永久失败为旗”。多么倔强，多么骄傲，这其实无异于同时宣布了：“人不是生来就被打败的，你可以消灭我，但你永远打不败我。”好吧，向现代诗歌的桑提亚哥致敬。

2020 年 3 月 1 日

宁静的激情，或上了膛的枪

晓雪把她的诗发到我邮箱里来的时候，我刚刚看完了一个有关诗人艾米莉·狄金森的传记电影 *A Quiet Passion*（《宁静的激情》），几年前我还读过一本关于她的传记，书名若翻译成中文，我想大概是《生活像上了膛的枪》。

在这里我想借用“宁静的激情”或“上了膛的枪”来形容晓雪的这些近作，应该也是适用的吧。

从总体来看，这是一组社会性比较弱而个人性比较强的诗作。社会性远低于个人性，这难道不是真正的诗歌应该具有的特质吗？

海明威的冰山理论不仅适用于小说，而且大约也适用于诗歌。如果把这些诗行看作海面，那么，诗人正是将激情的绝大部分都隐藏在了海面以下，只将一小部分显露出来，诗歌的跳跃性和空间感因此都加大了，于是才得以使表面看上去沉稳甚至是“宁静”的。而这只不过是一片看似宁静的假象，没有挥发、没有显露的巨大激情在字里行间的背面和暗处得以悄悄地积聚，得以形成一个大底座来移动，并具有了瞬间爆发的力度。仿佛子弹早就已经上了枪膛，一直在等待，一直在准备，一直在犹豫，一直在瞄准。是的，这里有太多的不安全感和不确定性——这也正是诗歌这种文体为人称道的特质之一——不知过了多久，终于听到“砰”的一声：枪响了，或者说泰坦尼克撞到了冰山上。

诗人懂得，所有夸张的情绪和过于亢奋的语调都会矮化一首诗。在这些诗里，她想尽力做到不露声色。这因克制而变得冲动或踉跄的激情，这因遮掩而愈发显露的美，成就了诗歌文本。就这样，诗人给自己设置困境然后再走出困境，在这个过程之中，一种新的空间竟然产生了。那三首直接与雪有关的诗，分别是《雪》《雪无准备》《在雪之后》，还有另外一首间接与雪有关的《冬天》，笔触轻灵，貌似禅宗，实际上在冰冷气质下面却潜藏着热烈，究竟是在写雪呢还是写人？是在写风景呢还是在写故事情节？雪还是自然界的雪，雪同时又具有了人类的知觉和心智，雪在自然之物和某一个或某两个人物之间不停地切换着。读者很想把握住从雪到人或从人到雪发生变身的那个无比重要的瞬间——那个新的空间，由此勘察诗人心灵的秘密地图。雪在这里很大程度上应当是诗人自况。

使这一切得以实现的，还在于具体的操作方式，得力于这些诗歌对于向心力和离心力的恰到好处的把握。向心力把外部世界带给了我们，离心力把我们的主观世界投射到客观世界上去。这里涉及个体的感官效应，更涉及心理联想机制。比如，那首《德令哈》里蓝天下阳光照耀着的峰山，《致茫崖和它的晚风》里的昆仑山和阿尔金山的雪域，诗人都是特别抓住自己与这些景物相遇的最初一刹那来写的。最初一刹那，所有既有概念和人为设想都还来不及对眼前的一切做出解读，理性最大限度地被屏障，无论完整的、片断的、碎片的、变形的、色彩呈点染的或旋涡的，无论是什么，所有最初一刹那的印象，在诗人这里，就是事物的真相，就是真理，指向永恒。《鄂尔多斯小衫》写的是羊毛衫，又不是羊毛衫，因为，某件羊毛衫作为客观实物可能并不存在。它完全可以不存在，诗人要写的是某件羊毛衫在某一特定时刻特定情境给她留下的那个纯粹主观的印象。这印象可以是初见，也可以是回忆，甚至可以是对未来的揣测，其目的只是要写出这件羊毛衫里弥漫着的温度、流淌着的血液和这件羊毛衫的魂魄。

阅读之时，感觉这些诗歌内部正在进行着某种强烈的化学反应。它们从虚空和混沌而来，由远及近，渐渐地显露出了大致轮廓，自始至终都呈现出“我不知道是什么”的模糊之美，但是诗人内在的驱动之力又迫使那答案最终还是不可避免地显现了。这就是创造。

从这组诗里，可以看出诗人正在做一种努力：写出如果她不写便永远不可能有人去写出来的经验。在此向这种努力致敬。同时愿意看到诗人在今后的诗歌写作中，既能将这种努力坚持下去，又能尽力减少这种努力在文本中留下来的痕迹。

2017 年 7 月

一定发生了什么

唐道伏的这组诗，取名《他手记》。里面每一首诗都是以第三人称的视角来展开，抒写的却均是自我经验。“我”变成了“他”，这种视角的转换使得诗人可以拉开距离，站在他者的位置上来审视自己，“我是谁？我从哪里来，要到哪里去？”变成了“他是谁？他从哪里来，要到哪里去？”于是诗人得以更加清晰更加完整地认识自己。

这组诗里写到了个体与外部社会的关系，写到了生存中的悖论，这是许多诗人都能做到的，也是诗人在他过去的诗作中已经做到的，这很好，却并不是最重要的。这组诗令人感到惊喜与可贵的是，它们还写到了个体与自我的关系，更写到了个体与宇宙的关系，甚而至于个体与上帝的关系。

这些诗歌在处理以上诸种关系的时候，是从最感性的日常生活细节入手的，因而避免了从概念到概念的空泛。也就是说，它们一直立足于“人”和“人的命运”来展开对于更高处的命题的提出与探讨，以单纯的语词和句法完成了深刻的存在之思。通过写自身的困惑与焦虑，诗人忽然意识到作为人类自身的局限，并进而寻找解决的可能。

能够意识到作为人类自身的局限性，仅此一点，已经相当了不起，这是一个人走向真理的开始，对于一个诗人来说，算是为“诗人何为”这个命题交出了上好的答卷。唯有如此，一个诗人才可以超越他目前所在的这个文化基因而走向宇宙，面对上帝。

第一首《沦陷》，诗人感到被“卡”住了，需要挣扎，原本热爱着的世界变得虚无，他对自我感到疑虑，看到了宿命，看到了某种不可避免的终结和短暂；第二首《约等于》，里面干脆出现了“脱轨”“穷途”“末路”“歧路”这样的字眼，诗人在彷徨和寻找；第三首《整个春天》，这是一个什么样的春天？是一个有“旧江山”和“倒春寒”的春天，当诗人直截了当地写下“他惊讶自己竟然还有什么不能放弃”的时候，他其实已经在内心深处呐喊和呼求了；第四首《垃圾遍地》，这一首仅从字面看去，似乎来自诗人阅读报纸的感受，其实诗人意不在此，他表达出来的感受并不属于某个具体社会层面和某类体制意义上的感受，诗人其实真正想表达的是对这个终将消逝和正在过去的俗世法则掌控之下的整个世界的厌倦与弃绝，以及他对于人成为垃圾的一部分的这种将要下陷将要下坠的命运的反抗；第五首《阿门》，突然明亮和昂扬了起来，站在山腰的小教堂，仰望十字架和天空，诗人发现了永恒，他的心灵终于得以安宁。

这五首诗的排列顺序，也相当有意思，仿佛是从深坑里一步一步地被救拔上来，先是到达地面，然后继续上升，到山巅，到天空，终达至高处，最后一声“阿门”，似乎找到了答案。那么，诗人从此真的找到答案了吗？

诗人的生命中一定发生了什么，发生了某种精神核裂变，使得他写出了这样一组深沉之作，在有些黯淡的音色之中，最终又充溢着对明亮的向往和确认。

这真的是一组好诗。阿门。

2017 年 4 月

诗歌中的阴影美学

钱利娜的诗，使我想起了法国一个女影星：苏菲·玛索。深邃的神秘，迷离的性感，仿佛水与火的交融。如果以季节来表示，她的诗似乎略有萧瑟的深秋之感。如果为她的诗寻找一种颜色的话，我想应该是在轻纱掩映之下的朦胧的紫色。

诗人一直站在内部世界与外部世界的交界处，那应该是一个人的灵魂所能放置的最佳方位。她的诗里有太多内在的直觉，几乎每一首诗中都有一个巨大的黑暗，然后诗人试图去突破它，寻找到一个有亮光的出口，穿过长长隧道而终于走出来。这使得她的诗里有了阴影的美学效果，有了因遮蔽而产生出来的直观的阴郁、隐秘，积聚的力量越是潜藏则产生出的能量越大，外冷内热，因克制而浅淡的表情之下，是炽烈。她从原始的本质的混沌的力量中，却产生出了秩序；她以含混的说不清的方式，却达到了生动而可靠的效果。

在具体的手法上，诗人又把这种混沌或阴影转化成了文字的繁复，诗中有一种片面的和病态的不均衡之美。

诗人先天带着脆弱的敏感，用第六感官写诗。她总是想表现出那原本不能表现的，她总是想触摸那原本无法触摸的，于是她写出了一些极端个人化的精微的感觉。她的诗不是爽脆斩截的，不是明晰的，甚至缺乏我们通常意义上所说的那种亲和力。她的诗是粘连的，高冷的，暧昧的，怀疑的，甚至还带着一丝傲娇，正由于此，这些诗作具有某种不可穷尽性。

爱、悲痛、死亡、迷惘、恨，这些千古不变的东西，诗人很擅长写它们。

作为一个女性，尤其是敏感的女诗人，性别本身以及这个社会人文环境都会给她带来困扰和艰难，可以选择直接反抗和叛逆，也可以选择其他方式来应对。钱利娜选择的方式是，把它照原样写出来，同时在她那里处理成貌似认可并且屈服，这种认可和屈服并不是投降，而是像接受并携带上某种轻微毒素因而产生抗体那样，具有免疫效果，结果是反而让自己变得更加强大。

具体说来，她的那些与女性本身有关的诗作，当涉及女性自己生命情感中的挣扎，她会带出一种“自我毁灭”的气质。恰恰是以这种接近自我毁灭的方式，她似乎成功地达到了对于女性身份和困境的突围和超拔。《陡坡》《一生》《坎》《喷泉》都是这方面内容的诗作，像核裂变一样的内心挣扎和痛楚，都被处理得非常具象而可感。

另外，写女性经验并表达女性观念，印象深刻的，像《玉女》写男性中心主义社会的审美观对于女人的蛮横的塑造，诗人以不动声色的淡淡嘲讽指认了这种虚假。《伤逝》和《乳房简史》都涉及女性的身体，肉体是上帝赋予的，它是高贵的，我们应该珍惜它。前者写的是人工流产手术，肉体仿佛一座神圣的教堂，肉体的疼痛会让我们更加意识到它的存在，遭受摧残的肉体或则更加神圣。后者写到乳房，分别从男性视角、社会学和经济学视角、女性自我视角、婴儿视角写了对这个女性器官的解读。

那首《落日》是写母亲的，她写了母亲大半生像西西弗斯反复推动那块巨石那样重复劳作的无价值以及悲哀，写母亲何尝不是在写自己，何尝不是在写全天下至少是中国社会所有的女人？男作家写母亲与女作家写母亲，其实是很不一样的，中国作家尤其是男性作家大都有恋母情结。对比一下中西方，全世界没有哪个民族的作家，像我们中国作家这样从古至今写母亲的作品数量如此巨大。写故乡其实也大多是在写母亲，弑父加恋母，甚至连朱自清的《背影》里那个父亲的形象其实也具有了母亲的特征，那个背影更像是一个母亲的背影。很多男作家在写母亲的时候，那种赞美和颂歌里总让人隐隐地感觉到有一种有意识或无意识地鼓励甚至要求全天下女性都去继续自我牺牲的阴谋诡计。而钱利娜这首《落日》里才包含了女性对女性的真正的怜恤，还有一种不平与无奈，隐含了一声叹息。如果是作为母亲的读者，当更喜欢这样来写母亲的诗吧。

《小贩的信仰》这首诗，是间接地来写女性，写他者。一个卖水果的小贩，一个普通的甚至底层的女性，因为信仰，整个人生似乎都变得高大上，虽然她在宣扬自己信仰时过于霸道，但她找到了自己的大Boss，这个世界因此而被超越，甚至她把这个世俗世界打倒了，另外连没有给她带来所谓幸福的女性身份都被超越了。在她的苦难里是有盼望的，甚至是有欢喜的。诗人并没有做出评判，只是客观地写了出来，稍稍在结尾表达了一下自己的困惑，这个人物本身就挺有意思。

钱利娜的诗歌，就仿佛从头到尾都通上了电流，令阅读者产生猛然触电之感。这一定不是后天学习和训练的结果，理由只有一个：她就是这样一个生命，她只是忠实地把自己写了出来。

钱利娜的诗歌写得已经相当娴熟，形成了个人风格，特点包含优长，也会包含局限。越是娴熟，越是到了需要警惕之时。无论从内容还是手法上来看，这样的诗，如果一口气读上很多，就会渐渐发觉出一些单调。她的诗歌面临进一步的生长和拓展。其实还可以写得更综合一些，或者换个词，更“共和”一些。她的诗句里似乎还需要一股“风”，从句子中间吹过，风飘飘以轻飏，让诗获得飞翔的能力。无论从哪个角度讲，钱利娜都是一个有深度的诗人，那么，我们如果要求她再具有广度和宽度（我指的只是思维上的而不是社会意义上的广度和宽度），是不是有些太苛刻了？任何事物都不可能既是红的同时又是绿的，这样去要求，对一个诗人也许不太公平吧。

2017 年 11 月

新的时空与知觉

秋水诗歌的特点是擅写瞬间和刹那。当诗人与这个世界相遇之时的最初那一刹那，人的理性和后天形成的既定概念都还没有来得及渗入进眼前事物，这时所做出的直觉判断，在秋水看来，才是这个世界的真相。诗人想摆脱大多数人习以为常的生活经验，而充分使用自己的心理联想机制，从而构成一种新的时间、空间和知觉。秋水基本上做到了。

这种写作方式，使得这个诗人几乎从不去写生活的全景，而总是喜欢截取一个片断，有时候甚至是截取一个碎片来写，表达她的感受。她总是在写此时此刻的：现在时态的此时此刻、过去时态的此时此刻、将来时态的此时此刻。她写此时此刻的感官性的微妙。

《背景》写小孩子出门去上学，离家开门而去的那一刹，苍老天地一下子变明亮。《晚归》里的一杯茶是片断，《祭祀》写的不过是一个他者的镜头，连《忠诚》中的母亲的大半生也被浓缩并放置在了一个被命名为“忠诚”标签之下的小片断之中。

我以为，秋水的诗歌底色是：沉哀。因为对于人世无常和人间万物终将逝去无可挽回而产生的深沉厚重之哀。这种沉哀的底色，使得诗人永远不会轻薄为文。而与此同时，诗人又是那么不甘心，于是她在诗中往往于结尾之处又突现瞬间的暴动和尖锐。

那首《橘子》写一只橘子放在一只白色瓷盘中。诗人并不想写一只人们普通概念中的橘子，而是想写出一只橘子的灵魂！起初进入这首诗的时候，读者会误以为诗人像塞尚一样在画一个苹果那样的静物油画，甚至还是唯美或者温柔敦厚的，可是到了诗的最后，这静物却冷不丁地行动起来，爆发出了灿烂的瞬间，一刀切下去，溅你一身血！类似情形还有，《包心菜》中的包心菜，《中秋》里的那枚月亮，还有《红宝石》里的红宝石首饰最后与什么人的血之间的关联，促使读者或许会从社会意义角度产生遥远的联想，触目惊心。《黄昏素描》里扫起来的死去的叶子、等着下锅的骨头豆腐、面对刀子的竹笋、案板上的鱼，这些也都是静物，其实都不静，它们顺应命运的同时似乎都酝酿着一场突然的行动。

秋水基本上不在诗中进行道德评判。那首《城市的简历》，文字看似风轻云淡，实际提及了在城市文明进程中那些失去土地家园的人，并且在结尾通过自己的"罪感"把认知和判断表达了出来。易卜生说："对于社会的罪恶，每一个人都脱不了干系。"以谴责他者的方式来表达所谓良知是容易的，而自省往往并不那么容易，所以，我喜欢诗人表现出来的这种不审判也不居高临下的中正的姿态。

秋水的诗，虽然短，却需要反复去读，才能恍然大悟。这可能与她的写作手法有关。她在写作过程中并不急于表示她想写出一首什么模样的诗，并也表现得那么胸有成竹。她从最原生态的生活里发掘诗意，就像一个雕塑家，要从一大块原生态的大理石材料里面寻找所藏着的某个形状，寻找雕像。这需要一点一点地凿去和削去原材料上那些多余的石头。诗人在这里让读者一起参与了这个过程。有时读到诗的开头和中间，你仍不知道她想写什么，你只能继续读下去，参与寻找石头中雕像的全过程。直到最后，那座雕像清晰地显露了出来，哦，原来如此。

2017 年 11 月

心里暗藏一场大雪

我曾经一个人乘上绿皮火车从哈尔滨出发，一路向北，穿过大兴安岭去漠河。记得火车途经大庆时，从车窗望出去，看到一轮大气磅礴的落日，正轰轰烈烈地朝着地平线碾压下去，而荒野、沼泽地、从隔年芦荡里飞起的群鸟、磕头虫抽油机、远处隐约的高楼……正在变得越来越黯淡，组成了一幅朦胧的剪影，成了这轮落日的大背景。这样一幅近乎悲壮的风景久久地震撼着看惯了东部沿海小风景的我。那时候我还不知道有一个女诗人正在这大庆城里写诗，叫安然。

现在我正在读安然发来的诗集《漫时光》，不禁又想起了经过大庆时坐在火车车窗前看到的那高纬度的荒原和落日。

其实从诗人所写的具体内容上来看，直接写她所处的地域和家乡的篇目并不多。诗人并没有在诗里显露出特别的地域性，她似乎还把自己从她所处的环境里“放逐”出去了，让自己成了一个超越地域的游牧式人物。精神的指向也未必是故乡，未必是诗人生存的地方，而是指向了诗人自己创造出来的某个地方。——她用这种方式抵达了“自我”。

然而，我终于还是从这些诗里读出了“地域”，读出了大北方气象，甚至读出了大庆的荒原和落日。这也许可以看成是黑龙江大兴安岭、小兴安岭这个地域对于诗人的一种隐形的影响吧。因为从表达方式来看，这些诗的语意和语调一点儿都不粘连，不琐碎，不温暾，不氤氲，而大致上属于清朗、爽脆、直接、质朴、自然一类型的，甚至偶有阔大、粗放和落拓不羁。她写风，“有，就是最大的无 / 我看见风举起巨大的斧头 / 山河倾倒”；她写一座她爱的城市，“我坐长途客车，沿着这 / 直性子的山路去那个城市”“它说开花就花开遍野 / 说下雪就大雪封山 / 说发脾气就河水泛滥”。嗯，读到这里，我觉得一般世俗男人不可以轻易地去招惹诗中这个女子，因为她过于率真和憨直，情感黑白分明，绝无中间地带。——但是，真正的情与爱，不是本该如此吗？

确实，安然的很多诗歌散发出来的气息，都是属于那个大北方的，但这个大北方显然是一个已经女性化了的北方。这种气息，让我想起那次穿过大兴安岭时，看到一望无际的蓝天下的白桦林，在还没有来得及融化的雪地上，达子香已经悄悄开放，一切都是灿烂的和澄澈的……是的，这些诗写得并不多么成熟，也算不上完美，但它的质地已定，有着阳光的洁净和雪的纯粹。诗人说自己“心里暗藏一场大雪”，这大雪场景，从我对于诗人诗作的阅读感受来看，不像是将要来临或者正在呼啸着的那种凛冽的暴风雪，而应该是阳光照耀着的皑皑积雪，明晃晃的，一望无边。正如诗人所写：“天空和大地 / 同样皓洁。”“色彩止于迷幻”，这是一次“唤醒混沌之初的召唤”。

所以，再次确定，黑龙江、大庆、大兴安岭或小兴安岭，这个地域，并没有成为诗人安然写作的内容和指向，却成了注入进她的诗歌之中的一种“气体”，或许是更多的氧气吧。——这氧气，既来自大地，也来自天空，包含了形而下和形而上。这样一些诗作最终是为了帮助诗人更好地抵达她的那个“自我”。诗中的那个自我，无论扮演着什么角色，都不会改变那个诗人的本质和内核。她能从一本普通的日常生活记事本里发现诗意：“花椒，大料，五香粉 / 一块准备炖煮的猪肉 / 肥瘦相间 / 多好，两个人的日子还没开始 / 一桌饭菜就已经在纸上／先期做好”。她写人到中年的感受。在她看来，这是一些“搬石头砸自己脚的日子”，要“掩盖心底的兵荒马乱”，但与此同时，诗人的内心又是笃定和豁达的，她认为她看到的天空是高远的，“高远得一如中年的蔚蓝”。她这样写亲情，写母亲。诗人在田里劳作，她说：“妈妈／我用你送给我的身体在劳动／这是不是就是／你在劳动？用一个新的皮囊，替代／你穿戴了六十几年的身子。”安然的诗中也不乏自然风物，当她写到这些时，都颇具童话色彩，明显地带有自然人性论的影子。她写蘑菇，对蘑菇充满怜惜，想知道她与蘑菇之间的爱是不是相互的；她写自己像牙医清理牙垢一样在修理一枚松塔，想清除里面的蛀虫，“此时我最想／敲敲门，问：家里有人吗”；而那首《写给虫子的告白书》，先是自责和道歉，接着又辩白和解释，最后竟成了理直气壮的宣布：“尽管我们是如此默契地／爱着同样的事物／可除了你死我活的敌人，我们／不可能成为其他任何关系。”很有幽默效果，令人莞尔。另外，女诗人一次又一次地写到自己居住的小屋。那小屋既是她的居所，她生存的保障，是“一间自己的屋子”，又是她身体和生命经验的外化。更重要的是，这小屋是一个诗人用来妥善地安放孤独的地方。安然大概是一个热情的人吧，她的诗歌所涉及内容比较宽泛，手法上有各种各样的尝试。她不想老老实实地局限在一个小框架里，她对诗歌的度量衡固然是熟悉的，但也做好了随时突破和越轨的准备。

网络给写作和交流都带来了便利，对于这个时代写作中的平均主义和最大公约数，每一个诗人都应该警醒。我读安然的这些诗歌，在立意和语言层面，读到了真正属于她的那个“自我”，也隐约感觉到了属于当下诗坛之“风习”的某些部分。——这是应该注意的，只能靠诗人自己用一个更强大的“自我”去克服“风习”。

诗集叫《漫时光》，其中这个“漫”字，我理解为：悠长，自由，散淡，走神，无边无际。不知对否？

2020 年 1 月

岩土里开出了花朵

我在泰国清迈的夜里，在酒店，读到余海岁先生从本初子午线格林尼治时间发来的一组写中国徽州乡野的短诗。那时我正处于东七时区北回归线以南的闷热之中，北半球的高纬度正飘着雪花，东八时区中国江南的春意已经开始荡漾。——在如此错落的时空感里读着这样一些带着乡愁的诗，能够格外地读出些许味道来。是的，我读出了深婉，我还想起了一个词：深情绵邈。

诗人爱家乡，爱母语，以至于在西半球英文环境里使用汉语写古体诗和现代诗，且很是怀了古典情结。诗中常常涉及故乡徽州。我相信，对于家乡和母语，虽然原本就是爱的，但一定是在跑到西半球以后，在英语里面才爱得这么厉害的。爱在隔了相当距离的时候，会像病情一样加重。他爱的家乡，包括它的全部，比如也还包含了它的过往和它的称呼。后来，又读他写的《徽州》，知道他很计较由于行政区划的改变，硬生生地把人文地理中“徽州”这一个重要概念给弄得模糊了。它的内涵和外延都变得支离破碎，如今只从表面名称看去，就只剩下了一个相同名字的某个区县而已，徽州大大地缩小了。如果从历史人文风俗的角度考虑，重新整合现在的行政区划，从现实中恢复古徽州这个地名和概念的完整性，相信余先生会非常赞同的吧。而今，徽州在哪里？它不会消失，它永远是完全的，它在一个远游异国的诗人的梦里。

余先生这类诗作的特点是趣味典雅，颇多江南意象，段落和句子都较为疏朗，其中有佳作。其实写这类诗是有难度的，很容易写得语言密集，意象拥堵，制造出语意上的堰塞湖，导致一般化和流俗。怎样才能把这类诗歌写出强烈的个人语调，是颇值得探讨的。这既是一个诗歌技艺问题，同时也更是一个个体经验强度的问题。余先生的乡愁由于岁月隔出的距离、时差的转换、空间的位移以及语言的阻隔而变得凝重："雁声远过，只为抵达那温暖的原乡"（《雁北乡》）。他写《故乡的雨》,那不同阶段不同含义的雨,颇有余光中《乡愁》的味道。那首《我的小学》写他路过许多年前自己上过的那座已成断壁残垣的小学校舍时的情形，"凄凉正在弥漫，东山飘起了雪花",这颇有"物是人非事事休,欲语泪先流"的感觉了。他还写芦苇，写池塘，写稻田，写雨丝，写槐花香……全是遥远故里的风物。那些风物对于生活在另一个半球已经中年的诗人意味着什么呢？意味着人间的温情。那曾经的"父母常在,炊烟袅袅/杜鹃满山"的旧时光,多么好啊(《清明》)。他还写了杏花。杏花对于他,不仅仅意味着春天,也意味着故里，还意味着母亲。因为他的母亲的名字就叫杏花，所以一首《杏花颂》既是咏春之作，同时也是怀亲之作。这些杏花是隔世的和轮回的杏花，母亲在诗人心中像杏花一样纯洁。是的，每当涉及与故土相关的内容，诗人的语调就在不知不觉中变得轻柔和迷蒙起来。

余先生写过一个短小的创作谈，从中得知他很推崇晚清词人况周颐的"万不得已"词心说，大概是说诗或者词要写那种酝酿了很久而不得不发的"万不得已"之情，这个"万不得已"，就是创作的内在驱动力。这样的创作观念虽然看上去不够时尚和先锋，却永远不会过时，且放之四海而皆准，唯此才会避免无病呻吟和故弄玄虚。相信余先生的乡愁正是属于这样的"万不得已者。"

仅仅从余海岁先生的诗歌文本，就可以约略去猜测一下他的经历：在皖南，在徽州，曾经是一个牧童，骑过水牛（《我的牛》），据他自己说至今都还记得他的牛长什么模样；至于《插秧》，秧大约并没有真的插过，倒是常常看着别人插秧的；后来他又留学去，做教授，研究岩土力学和地下工程，成了院士和科学家，常驻以英国为圆心的欧洲，也曾兼及澳洲（《牛津印象》《图宾根》《柏顿修道院》《印象诺丁汉》《远方》《天空》）；再到后来，又写起诗来，古体诗和现代诗都写，当然更偏爱现代诗……放牛、插秧、研究岩土力学和地下工程、写诗，这人生跨度可真是够大的了。在我看来，其中最大的跨度并不是从放牛插秧到写诗，而是从岩土力学到写诗。放牛和插秧这两件事原本就很容易引发诗情画意，骑在牛背上吹着笛子，在水汪汪绿油油的稻田旁边吹着南风，想不作诗都难。可是，岩土力学怎么能引发出诗意来呢，一个人怎么能一边钻研并写作《岩土介质小孔扩张理论》，同时一边又在吟诵“恍惚间 / 唐朝的天空汹涌而至”（《杜甫草堂》），以及“白昼好短，留长夜给浪漫”（《冬至日记》）？科学家也可以这么多情吗，这么多情还能当科学家吗？我查找的关于余先生从事的专业的解释是：“岩土工程专业是土木工程的分支，是运用工程地质学、土力学、岩石力学，解决各类工程中关于岩石、土的工程技术问题的科学。”这与诗歌多么遥远啊，简直有一光年那么远。——然而，它们之间真的没有关系吗？就像 T.S. 艾略特的银行国际账目真的跟诗歌一点儿关系也没有吗？艾略特很多年都执拗地坚持在银行工作，表面看去是由于自己有管理账目的兴趣，国际账务也正好可以发挥其懂多国外语的才能，而且他愿意以此挣更多的钱来谋生。然而，在这一切理由的背后肯定还有更内在更深层的因素。也许在他的潜意识里，正由于银行账目与诗歌之间离得如此遥远，才会形成一种张力和弹性。银行和国际账目可以让诗人更加近距离地体验和思考所谓的现代文明，让它在不经意间成为诗歌写作的某种隐秘的来源，就仿佛维特根斯坦一定要离开剑桥大学的书斋，去往战场或者其他需要劳其筋骨的地方，来激活他的哲学思维。当然，我在此举例子举得有些不甚恰当，余先生目前主业还是岩土力学工程，他绝不是以诗歌为主业或为了激发诗情才去做科学家的。况且先科学家后诗人可行，先诗人后科学家，似乎并不可行，世间罕有。当然还有第三种情形，应该具有更大的存在的可能性，即诗的种子和科学的种子都是在早年就已经同时播种进其生命里的，并一直都在那里，只不过它们抽芽萌长的次序有先后，等到科学的种子长成参天大树之后，诗歌的种子才开始正式生长。但难以预料下一步会怎样，会不会先来的在后，后来的在前呢？反正，客观上讲，岩土力学、岩土工程与诗歌之间一定也会产生类似银行账目与诗歌那样的张力关系，二者在同一个人那里不知不觉地相互秘密地影响着。

至此，像我这样喜欢野狐禅的读者竟开始胡思乱想了：是不是可以就此写一篇题目叫《岩土力学与诗歌的关系》的论文呢？这篇论文应该从哪几个方面和层次展开思路，尚有待考虑，在此暂不论证。于是，继续联想下去，这样一来，余先生写诗，大概就相当于从岩石和土里开出花朵来了吧。那一首首短小精悍的诗，岂不正是一朵又一朵的岩石小花？我把这个意思表达了，余先生谦虚地回答："一点小爱好。希望有点花香。"

在这样的专业背景之下，余先生的诗歌兴奋点往往会比其他诗人更容易去关注那些与科学本身相关的事物，于是写出了像《致霍金》《致牛顿》《黑洞》《相对论》《机器人》等诗作。特别是《致霍金》《致牛顿》，科学家写科学家，惺惺相惜。这两首写得有辽阔感，这是诗人作为一个科学家跟另外两位科学巨人的对话。前者从一则新闻写起，从街谈巷议写至灿烂星空，"我想 / 那灿烂的星空一定会有通过光速传来的 / 你时刻注视人间的微笑 // 也只有在那里，才是 / 人类走向时间尽头的希望所在"；后者从花园里的苹果树和弯腰捡起的苹果写起，写着写着，最终还是写至遥远的星空上去了，"从此，人类有了飞向太空、登陆星球的希望”。这两首诗分别向两位科学家致敬，同时也向星空和真理致敬。科学要求准确，无法浑水摸鱼，科学家可以提出定理但不能创造公理，他们只是在认识宇宙间上帝创造出来的那些规律，对于真理的探索类似于数学中的“极限”概念，你可以“无限靠近而永远不能到达”那个终极的绝对真理。科学家很容易从日常生活推导出数学或其他科学，再导至哲学，最终导至神学，并认识到面对无限时作为一个人类作为一个地球人的局限性。这也就是为什么科学家大都比文人要谦逊的缘故，因为科学家把自己放置在了一个更遥远更宏大的坐标系中，认识到了自己的渺小。《致霍金》这首诗是写给那个替我们仰望星空的人的。就专业来看，霍金关注天空，余先生关注大地，至于像我这样典型的中文系学生，可谓上不着天下不着地。这样说起来，很多科学方面的内容，其实都可以入诗。科学自有科学之美。回想我自己在中学时代学习数学，实在头疼，后来过了很多年，蓦然回首，忽然领悟到那竟是最有诗意和想象力的课程，那是美的极致。

“科学与诗”“科学与童话”，都应该是很不错的话题。科学的发明和创造需要幻想，而幻想正是诗和童话不可缺少的质素。据说有一位科学家为了培养自己的想象力，在早餐桌上放置了一本《安徒生童话》，每天早餐除了喝牛奶吃面包，还要读上一篇安徒生童话。我想那早餐桌上如果放置一本诗集当然也是可以的。说到“科学与诗”的关联，一方面，将科学专业或科学话题入诗，可以拓展诗歌的疆域和界线；另一方面，以诗歌的形象思维来书写科学领域的事物，使得抽象的和逻辑的东西变得生动有趣起来，也起到科普的作用。高士其先生写过科学诗，美国搞高温超导体应用研究的沈致远先生在 20 世纪末也曾极力倡导并写过科学诗。当时在他的建议和主持下，《星星》诗刊和《诗刊》每期都拿出少量定量的页码开设了“科学诗”栏目，连续开设了好几年。既然有科幻小说，为什么不能有科学诗？科幻小说必须由具有相当科学知识的人去写，同理，写科学诗的人最好也得具有一定的理工科背景。我认为余海岁先生这一类型的与科学相关的诗歌其实还可以写得更多一些，他在这一个方向上还有待更进一步的发展和丰富，他有这样的潜在优势。

2018 年末 2019 年初，对于余先生的诗歌创作来说，应该是一个重要的时间节点。在这个新旧年交替之际短短的日子里，他写下了《牛津印象》《图宾根》《岁末》《邻居》《我的小学》《窗外即景》《雁北乡》等诗作。相比从前的作品，这些新近之作起了明显变化。这一大组诗，诗艺精进，语言特别干净利落，就像透过冬天那疏朗响晴的枝桠，看见了蓝色的响晴的天空，枝桠间有透明的空气在流动！读他前期的一些写故土的诗，偶感语言有些枝枝蔓蔓，意象太过唯美，不够有力和简洁。相比之下，这些写于 2018 年 2019 年交替之际的新作品，虽然内容上并未有太大变化，不外乎乡愁、羁旅和异国体验之类，但在手法上却让人眼前一亮，像在复杂山路上走着走着忽然拐了一个弯，柳暗花明，并且充满了力量！写在这同一个时间段的还有《黄昏》《杜甫草堂》《大寒》《除夕》等诗作，同样令人惊喜，情绪的把握更加得当，语言克制，境界萧瑟而辽远，在空旷和虚无之中，抵达遥不可及的未知。

余先生写的很多诗歌在体量上都是短小的，可以看出这些短诗是他有意而为之。他的一些短诗，像《断桥帖》《时间也需要一座桥》《时光一束》等，读来如绝句，需要像嚼橄榄那样慢慢回味，有中国画之境。另外还有一部分诗则更短，极短小，可称得上是“微诗”，意境和情绪均大量留白。这类诗中，除去《秤》《算盘》这类较为智性的作品，其他较感性者，则颇类似日本的俳句，最典型的当属《留白》《钥匙》《清明》等。比如《清明》。他写过两首题为《清明》的诗，一首是前面提到的长一些的，另一首是极短小的，这里说的是后者。这首《清明》是这样写的，“清明，像道闸 / 拆开后，流过的是：// 泪水，青山，日落，/ 月圆”。对于清明这样一个中国文化中的传统节日和节气点，虽然不是一年的结尾和开端，但从很多意义上讲确乎有一年之中的分界线的意味，而诗人把这道分界线看成是“闸”。这个闸的意象用得恰到好处，这道闸一旦拆开，导致的将是保守了整整一个冬天的情感的泄洪，抑制不住地流淌出了很多内容：正式浓起来的春意、对亡故亲人的绵长思念、开始向上蒸腾的宇宙以及舒展开来的时间。

诗人的很多诗，尤其是短诗，是富于乐感的。像《五月》《冬至日记》《岁末》有明显的对于音乐性的追求。比如，那首短短的《五月》，谱上曲子，竟成了一首很好听的歌，颇有现代民谣之风。据诗人自己说，每写完一首诗，都要默默地读上很多遍的。这在心中默读很多遍的习惯，应该是一个诗人正在检查自己的内部语言如何向外部语言过渡的过程，是一个在音乐性上寻觅、斟酌和试错的过程，为了在一遍又一遍的无声诵读中，找到那个与萦绕心头的情感和情绪最为相宜的节奏和语感。

大致看去，余海岁先生的诗，气息不黏滞，节奏稍快，色泽偏明亮，这大约与他先天的气质有关——诗人毕竟是狮子座。

2019 年 5 月

宇宙主义者之诗

把阶梯教室里的大屏幕放下来，打开电脑，上面出现了铁臂阿童木的形象，同时开始播放“越过辽阔天空，啦啦啦飞向遥远星群……”教室里发出一阵感慨。那个脚踩火箭在空中驰骋的机器人小男孩，勇敢、聪明、正义，是学生们在童年时代就熟悉了的形象，当然那也是我在童年时代就熟悉了的形象，只不过我看的是黑白电视，他们这一代人看的是彩色电视。我问：“谁能说出，这首主题歌的词作者是谁？”于是，以此为开篇，接下来，开始讲谷川俊太郎的诗。

最早读到谷川俊太郎的诗大约是在 1995 或者 1996 年的某一期《世界文学》上，那些句子让我震惊：单纯、洒脱、辽远、深邃。我的第一反应是：这个日本诗人的诗里基本上没有日本味，没有想象中应该有的那种广泛的祖国感，倒是充满了西方气息，很像是欧美诗人写出来的。于是猜测这也许与作者奔放外向的天性和所接受的比较西化的教育有关吧。同时，他的诗使我第一次对“越是民族的，越是世界的”类似牵强的套话产生了怀疑。

因为在谷川俊太郎的诗中，少见具体而特指的家园、国家、民族、种族和时代这样的范畴。虽然他是日本战后成长起来的诗人的最重要代表，却在诗中罕见对于战争创伤的直接反映，他让这些常在其他诗人笔下出现的界线和事件成为隐形，他的诗根植于这一切却远远超越了这一切，在诗中最直接最鲜明地展现出来的是诗人强烈的深广的宇宙意识。诗中的那个自我，是被放置在一个所处生存环境被无限扩大至整个宇宙之中的自我，是时间和空间中的自我。那个自我在诗中既有着一个实实在在的内核，表现为当下现实日常生活中十分具象化的存在，同时又是被高度哲学化了的，像原子能核裂变一样，无限地向外进攻着、散发着、扩张着、抽象着，最终竟演变成为大象无形的自由和大音希声的沉默。

谷川俊太郎诗中的这种宇宙意识，有时是以童稚的方式表达出来，有的则表现为狂喜或悲愁感。——这里的狂喜是由生命力扩张带来的快感，这里的悲愁感区别于感伤主义，是基于对生命本质的认识而产生的，有时反倒最终能引发出豪迈之情。

印象最深的是《天空》和《二十亿光年的孤独》。《天空》一诗看上去简简单单却意味深长，每个句子似乎都有着童稚的表情，一连十二个并不指望得到确切答复的自言自语的疑问句，从头到尾排列下来，诗人代替人类表达出了对于茫茫天空所抱有着的像儿童一样的永远的好奇心。物理学上定义的"万有引力"是指自然界中任何两个物体都是相互吸引的，两个质点通过连心线方向上的力相互吸引。而这一定律到了诗人那里演变成了"万有引力 / 是相互吸引孤独的力"，他认为相隔着二十亿光年的距离，隔着《二十亿光年的孤独》，地球上的人和火星上的人一直渴望成为彼此的伙伴。在诗人心中，不仅地球上的人类和生灵应该彼此关注和互相安慰，就是不同星球上的生物之间也应该彼此联络和相互信赖。诗人的异想天开多么可爱，他不仅远远超越了民族、国家和种族的观念，而且还超越了星球的概念与界线，他想让全宇宙各星球人民团结起来。《天空》和《二十亿光年的孤独》是谷川俊太郎诗歌中表现宇宙意识的典型之作，这是两首几乎完全建立在想象之上的诗作，写得十分朴拙，是近乎伟大的空想。如果说他的这类诗作中包含了某种民主意识，那么这种民主也是一种大民主，不仅适用于地球，还通行于地球之外的所有时空。

《我看什么都像女阴》是一首从表面看来写性的诗，写得如此感性，如此张狂，如此富有酒神精神，想通过与世间万物发生性接触这件事情，显示出诗人想要表达的自我意识以及人与自然的关系。从想与一座山发生性接触开始，又延伸到天空、花朵、风，可能还要延伸至地球、太阳系、银河系吧，最终将整个宇宙都囊括了进去。在这首野心勃勃的诗里，雄性荷尔蒙达到最高值，破坏力与创造力同样强大，“我”已经大于或等于整个宇宙了，里面那个自我已经变成了超人，变成了一团炸药，有着尼采式的癫狂，最终与宇宙融为一体，极致的喜悦和晕眩的快感在一片灿烂之后，都归于黑暗与沉寂。读此诗使我想起惠特曼的《自我之歌》，它们都是从自我意识开始向外扩展，直至扩展到宇宙意识，并将自我与宇宙合二为一。而在《我的女性论》一诗中，“你的臀部十分肥硕 / 地球不过是你的一把转椅”，这里又转换成了从女性角度来看待这个宇宙了。这里的这个女人跟《我看什么都像女阴》里那个男人是一样的，自我边界无限膨胀，与天空齐高，与地球等大，与天体同在，也是巨人或者超人。不仅如此，就是连住在一个小小房间里，也被诗人看成是一种围困。在《关于房间》里，人类自己设置的“温暖的坐标”在诗的结尾最终又变成了宇宙坐标。

他写过两首《活着》，其中较长的那一首，里面写到了一些刹那和瞬间，只有此时此刻发生着的，才是活着的证明。里面提到了“天文台”，提到“此时地球在旋转”。大约天体运行是诗人体验永恒和无限的一种独特的个人方式吧，面对无垠的时空，那些短促的、注定会消失的美好瞬间，才是人之所以活着的证明，正如弗洛伊德所言“美的短暂性会提高美的价值”。在享受生命每个瞬间的同时，一定会为这生命最终的消失而生出的悲愁所浸润，所以就有大量诗篇写到了死亡，比如《临死船》《再见》《父亲的死》《诗人的亡灵》《死》《不被任何人催促地》等等，都写到了对于生命的留恋和对于死亡的准备。谷川俊太郎写死亡时，也喜欢将死亡放置到永恒的时空坐标系之中来考量，认为死是“像融入泥土一样消失在天空”，写到死亡的来临总是突发的而没有缘由的，然后他说：“秋天的太阳在死之上辉煌 / 同样也没有任何解释。”可见死亡也不过是宇宙间的自然法则之一。有时站在一个广阔的全宇宙视野来看待生死，死亡也变得渺小，悲愁感有时候会变成大无畏，豪迈油然而生。所以在《男人的墓地》里“把男人埋藏在 / 地之角 / 天之涯吧”，“把男人的墓地安置在 / 日子的终点 / 人类的尽头吧”。这些直接写死亡或想象死亡的诗篇可以看作是对于死亡的练习。诗人喜欢把一个小小个体之死放置到一个无限大的自然界之中来看待，同时表达出他对生活在其中的这颗星球的热爱，对置身的这个宇宙的遐想。

那首叫《蚂蚁与蝴蝶》的诗，看上去似乎没有什么写作动机，既未摆出对现实生活的“介入”之姿，也无刻意展示所谓良知赢得名声的非分之念，它如此短小，却有着阔大之感，是我读到过的关于汶川地震的诗中最好的一首：“蚂蚁因它们的小而幸存 / 蝴蝶因它们的轻而没有受伤 / 优美的语言也许能耐得住大地震 / 但此刻我们还是谨言慎行，将心中沉默的金 / 献给压在废墟下的人们吧。”在这里，没有对遇难者的虚夸的提升，没有聒噪的声援，没有炫技的表演，只有幸存的人类对不幸死去的人类的体恤和尊重，让我们意识到死难者与我们是平等的，是有着人类体温的。这首诗写得悄声细语，语速是递减的，声调也是一路往下降的，读完之后，读者想做的事情是：默哀。作者的思索远远超乎一般的“良心”和“道义”这些概念之上，他关注宇宙间的生物存在，其中的软弱、绝望、困惑、疑虑和无奈也全都是真实的，不禁让人联想到他所写的《换个话题》一诗中的最后一句“哦，换个话题，地球还健康吗？”这里涉及地球的健康状况。在诗人眼里，宇宙法则与人文主义法则有时候并不完全一致，“文明 / 是多么的没有规矩”，我们不过是一些“推开蓝天之门 / 坐进大地的房间”的《地球的客人》，而不应该是地球的主人。

其实，谷川俊太郎的每一首诗，虽然基调既有张扬的也有内敛的，但是总的基调还是往上挑着的，里面仿佛都潜伏着一个画外音：

“越过辽阔天空，啦啦啦飞向遥远星群……”可见，由他来写这首与天空宇宙有关联电视剧的歌词，算是找对了作者。他或许有点儿像中国的李白吧。李白与当时的社会生存之间的关系是若即若离的，无论在诗中直接涉及或间接涉及现实，都远远不如杜甫在其中浸渍得那样深重。李白关注的对象似乎更为遥远，他站在大地上，却总是仰望着星空，他也是一个有着宏深的宇宙意识的诗人，“举杯邀明月，对影成三人。”还有中国的张若虚和苏轼，从《春江花月夜》和《赤壁赋》里可以看出他们天人同构的观念，以及在逝者如斯的感慨之中产生出来的孤独的个体生命体验，那是一种被极大地审美化了的宇宙观。而谷川俊太郎的宇宙意识就没有李白张若虚和苏轼等中国古代诗人那样唯美那样虚幻了。宇宙在谷川俊太郎那里，具有真正的强度和烈度，以及令人震惊的力量，它的客观性真实性甚至能够让人产生无以名状的恐惧感，“空间过于可怕/时间过于可悲”。同时，宇宙暗藏了真理并渗透进诗人的世界观，促使哲学观念和宗教感的萌发。其实这个日本诗人在对宇宙问题的认识上，更接近于西方文化，在他这些诗歌的背后，造物主总是有形或无形地存在着，这些诗于是也便成了荣耀上帝之诗。

谷川俊太郎并不依靠大量隐喻和复杂辞藻来装饰语言。面对世界时的真诚，使他从来不刻意回避使用一些有时在他人看来过于熟悉的语义表达。而由于他能够在最合适位置进行最正确使用，往往又会使得那原本最平凡的句子也变得新鲜有趣起来，最大限度地显示出了诗歌的纯正和力量。另外，他的这些诗中的个人语调单纯、质朴、清澈，仿佛是从原始而混沌的自然之力之中解放出来的，与大地、星空、辽远时间所形成的自然韵律相合。诗人诗歌中的这种语言特色和个人语调对于他最终要表达的内容起到了很大的类似于“解说”的作用，那么，这一些颇具宇宙感的诗篇最终要表达的内容是什么？当然是——自由。

2011 年 12 月

诗人的“动物学”

读徐俊国的诗，发现一个现象，他的诗里总是忍不住要写到动物，诸如此类：蚂蚁、蚯蚓、螳螂、蟋蟀、蚱蜢、磕头虫、羔羊、粉蝶、松鸡、蛤蜊、鹌鹑、喜鹊、麻雀、蜗牛、白鸽、燕子、蝈蝈、鼹鼠、萤火虫、蝌蚪、蜜蜂、兔子、瓢虫、斑鸠、小毛驴、毛毛虫、蜻蜓、泥鳅、啄木鸟、耕牛、丹顶鹤、蛤蟆、土鳖……这些动物最明显最突出的特点是“体积小”,甚至绝大多数称得上“微小”和“弱小”。这些动物的另外一个特点就是几乎随处可见，并不稀有，它们离人类的日常生活比较近，充满温情，与人类算得上相濡以沫。这些小动物们在徐俊国的诗里拥有一个共同的大舞台：鹅塘村。这使得诗人徐俊国仿佛成了诗歌版的法布尔，诗歌版的 E · B · 怀特。

徐俊国的动物谱系与泰德·休斯的动物谱系完全相反。泰德·休斯早期诗作中写到了一些野性勃发的猎食动物或曰猛禽凶兽，有夜晚出去觅食奔跑过钢铁陷阱的嚎叫着的狼，还有栖息在树上时时刻刻伺机去捕杀其他动物的有王者之风的鹰，这些充满暴力的诗篇实则是要宣扬生态的自然法则，而徐俊国写的动物全都不是积极主动型的，而是消极被动型的，它们一点儿也不强悍甚至反对强悍。他所宣扬的并不是靠本能生存的自然界生态平衡法则，而是人世间的普遍的爱的原则。威廉 · 布莱克、博尔赫斯、里尔克这三位大诗人写的老虎、老虎的金黄、豹，也都是肃穆威严之物，是大动物，主要来自诗人的想象，有明显的非理性、梦幻和神秘主义色彩，而徐俊国所赋予动物们身上的想象都是靠近人类生存场景的，是当下的、眼前的和世俗生活之中的。至于玛丽安·摩尔，往往是由博物馆的动物标本、器皿上的动物图案，以及动物艺术品造型等等引发灵感，诗中涉及动物大都具有冷感，是附庸在艺术品和人类生活外壳上的，作者借它们表达存在之思，而徐俊国的动物们则给人以温暖之感，更真实可信些。济慈、狄金森、华莱士·史蒂文斯所写到的夜莺、蟋蟀、知更鸟、蜜蜂、苍蝇、乌鸦等等，在诗中不完全算具象实写，更属于形质结合的象征或隐喻，相比之下徐俊国在诗中写到的动物全是实实在在的动物本身，在能指和所指上并无延伸。是的，徐俊国的"动物学"与以上所有这些诗人所涉及的诗中的动物的情形都很不一样。

也许徐俊国在写动物方面有些靠近罗伯特·潘·沃伦或者菲利浦·拉金，所写动物既是神秘大自然的一部分，同时又都十分接近真实的个人日常生活经验，诗人喜欢用平凡小动物身上存在着的真理来启发和丰富人性。拉金也写过癞蛤蟆，似乎还写过两次，相比之下我倒是更喜欢徐俊国版本的《蛤蟆》，"像青铜的镇纸压住苍茫的一角"，"它吞下的孤独比吞下的害虫多"。当然，不能忘记雅姆，徐俊国在气息和语调上当然更接近这位单纯、朴素、天真、善良的法国诗人。可以说,徐俊国笔下的动物,全都像雅姆写的驴子一样"在这永恒之爱的清澈里 / 照见自己那谦卑而温柔的穷苦"。至于徐俊国写到动物时的那种颇具童话色彩的寓言方式，那种高度主观化的笔触，倒是更接近洛尔迦和顾城了。这使得徐俊国跟这二位诗人一样，一首诗有时就称得上是一篇完整的童话故事。如果一定要辨析的话，洛尔迦和顾城写动物时采取的是万物有灵、众生平等的姿态，而徐俊国比他们更往前迈了一步，在这些小动物面前，他把他的人类姿态放得更低了一些，赋万物以礼节，对动物讲平等讲到只差要发表

“人与弱小动物平权论”宣言。他表示：“我喜欢用一头牛的眼光来端详地平线的倾斜和生活的辽阔，喜欢记录一只电线杆上的蚂蚁所感知的乡土消亡之痛。”徐俊国到此并没有停下,还是继续向前迈步，甚至发展到以“弱小动物中心主义”来替代当今无所不在的“人类中心主义”的严重倾向。他“把脚往右偏移半厘米/给松土的蚯蚓让路”，他“用铁锹小心地铲下去/那些冬眠的小生灵/紧紧抱成一团/软软的身子/像一圈圈温暖的光阴/让锹刀颇抖/当时我们应该/重新把他们放回窝里”。至于那首《小学生守则》，其实就是从整体上巧妙地将“人类中心主义”置换成了“动物中心主义”或“弱小动物中心主义”来进行重新讲述吧。他的下列一段创作谈可以成为佐证：“把蝼蚁之卑、虫豸之微放大给人看，敬畏大自然，热爱它的亿万公民及其生命法则。在观照方式和写作姿态上，弃绝俯视，反对平视，倡导仰视，尊崇跪拜式。”这种倾向如若偏执下去，走到极致，毫无疑问有了宗教感，而其核心正是仁爱。于是诗人这样写：“把我的爱加上爱，善良乘上善良”。也许在他看来，生灵之间的相爱之道才是推动这颗星球旋转的动力吧，这不是基督教吗?

跟其他现代诗人统统对比过，才发现徐俊国的诗歌写作其实更像徐俊国他自己。徐俊国为什么偏偏要选择这样一些世间最弱小的动物来作为自己的抒写对象，并且他的情感几乎达到了人与动物合一的程度？我想只能用格式塔心理学去解释了，那就是这些动物身上最大限度的卑微、温顺、谦逊、忍让、与世无争甚至听天由命，使他有本能的认同感，他与它们惺惺相惜，并且大约由此联想到了这个国家最广大最普通的民众，而作者正是这其中一分子：“别的孩子都能偷来一麻袋地瓜一口气背回家,/而我从来没有那么大的力气。/我缺乏勇敢，属于生活中最渺小的那一个，/就像地里的毛毛草，一阵风就吹得东倒西歪。/这些年，在世界的强悍面前我吃尽了苦头。”这里的弱小竟演化成了自律和克制的美德。也许在作者心目中，小体积的动物一定是可爱的，是弱的，是善的，是手无寸铁的，是值得怜惜的，只有与它们为伍时，他才感到安全和放松，它们是他的本质上的同类。不知诗人是否意识到了这些弱小之物的力量正源于温柔。面对强悍的世界，有时柔弱胜刚强。这些小动物既无伤害他者的能力亦无伤害他者的动机，只是把赤裸、单纯的、透明的心捧出来给这个世界看，这世界哪怕还有最后一丝良知，都不应该也不忍心甚至都不好意思去伤害它们了，这算是“弱势外交”吗？我不知道。但是，可以肯定的是，面对工业文明的妄自尊大和人类的自我膨胀，作者想用他对弱小动物的认同和尊重来进一步表达他对眼下这个时代的“非暴力不合作”的态度。这种抵抗方式可能远远要比那些态度激烈、行动夸张的革命方式更有意义，更有价值。“不要车祸战争绝症洪水 / 让我自然而然地老。”这竟成了当下一个人的理想。另外，诗人对弱小动物的尊重以至尊崇里面还隐含着对社会达尔文主义的批判，以此强调仁爱与宽容，不要把丛林原则运用于人类社会。他或许还希望弱小动物身上的美德对世风日下的当下生存环境起到某种校正作用吧。

无论如何，结果是，那些鹅塘村的小动物们有福，它们统统“上诗”了。

2012 年 6 月 25 日

阴郁、明亮或者迷蒙

春天新旧交替，乍暖还寒，天空阴晴不定，恍恍惚惚，正要摆脱冬之枷锁的大地是敏感的和脆弱的，混合着破土的欲望和萌芽的疼痛。所以，它在许多诗人的笔下有着阴郁的氛围。T.S. 艾略特写道："四月是最残忍的一个月。"写出了春天的孤绝。帕斯捷尔纳克则要用墨水来痛哭，"一直到轰响的泥泞 / 燃起黑色的春天。"他在早年的诗里就这样写到了春天来临时的苦闷与挣扎，似乎预言了自己一生的艰辛。白洋淀诗人根子则更严重地把三月写成了末日，春天"血腥地假笑"，春天还是"蛇毒的荡妇""冷酷的贩子"和"轻佻的叛徒"，那个春天想必隐含了一个时代的苍凉。谷川俊太郎在《七个四月》里一直念叨着"四月开着什么花我不知道"，写一个女人无法把握的个人命运。她在四月里上学、当女佣、被人求婚、做母亲、当寡妇，还有死，而死后她看到了下界正开着樱花。这里的春天其实包含了爱欲生死的人生全部，充满苦难感。

而更多的春天是明亮的，哪怕这明亮只是一种企盼，还远没有成为现实。在许多诗人那里春天代表着温暖、希望甚至真理。雪莱吹响了号角，"冬天已经来了，春天还会远吗？"食指写鱼儿在看清了网绳之后，含着眼泪问"春天在哪儿呵"，接下来重又开始了冰层下的旅程。即使是那个幽闭在乡村古堡里的肺结核女病人索德格朗，在冷却的白昼里，她也能感觉到“我的手和春天有同样的血液”。海子在自杀之前的两个月竟写下了《面朝大海，春暖花开》，诗人在诗里把自己分明无法兑现的尘世幸福一遍遍地诉说着。他说，“从明天起”，这分明是一种下定决心的口气，分明是精神分裂者的一个自我在劝说着另一个自我。事实却是，明天并没有他所要的那种具体实在的幸福，明天在远方，像铁轨一样伸向远方，而“远方除了遥远一无所有”。

春天真的是明亮的，暖洋洋、亮堂堂、晕乎乎的。聂鲁达的春天是爱情的春天，“我要 / 在你身上做春天在樱桃树上做的事”。弗罗斯特的春天那么柔和，“我要出去清洁那春天的牧场”，母牛正在用舌头去舔年幼的小牛，而这头生在春天的小牛摇摇晃晃。爱米莉·狄金森微笑着，弯下腰来，彬彬有礼地说：“亲爱的三月，请进—— / 我是多么高兴——”诗人还对春天撒娇，“是谁敲门，准是四月”，她佯装有怨：“他在别处待了一年 / 当我有客，才来看我。”米沃什的春天有着历经沧桑之后的从容和安静：“雾一早就散了，我在花园里干活 / 蜂鸟停在忍冬花上。”顾城写了那么多与春天有关的诗，全都是快乐的小谣曲，比如，他说他要在春天里拥有木窗外的一小片耕地、一头小牦牛、一只单桦犁，他要从梦中选种子，在一小队沿着篱笆走来的太阳之中开始耕种……那是充满了孩子气的春天。

在有些诗人那里，春天既不阴郁也不明亮，而是迷蒙的。余光中的春天迷蒙成了一种怀乡病。春天在他那些重叠句式里，在低回萦绕的情绪里，总是与江南有关，而江南又与母亲有关，与古中国大陆有关。在郑愁予那里，春天迷蒙成了一个美丽的错误，《错误》一诗充满“莲花”“柳絮”“马蹄”“春帏”“东风”这样一些中国古典意象。某个春天，从江南走过，走至某个女子的住处，却没有进去，“我不是归人，是个过客……”于是那寂寞女子期盼的容颜就如莲花的开落。这首诗写的什么内容并不重要，重要的是它中国味十足，让人觉得汉语是那样地好啊。

人间的春天来了又去，去了又来，唯有诗里的春天永远繁盛，那些文字以分行的姿势在纸上抽芽萌长，永远绿意茫茫。

2005 年 4 月

《荒原》《圣经》对照记

T.S. 艾略特在《宗教与文学》这篇重要文章里，针对文学创作尤其是文学评论的标准与尺度发言，他反对以《圣经》对文学产生过影响为理由便使劲强调《圣经》的文学价值，甚至把《圣经》当作文学来看，他也反对那种为了宗教标准而将人类特性和文学标准排除出去的专门的宗教文学。他一方面强调“测定一种读物是否是文学，只能用文学标准来进行”，另一方面又在申明“文学的‘伟大价值’不能仅仅用文学标准来测定”。在具体谈及基督教与文学的关系时，他作为一个虔诚的信仰者，表示自己绝不愿意这个世界上存在着两种文学，一种是专供基督徒消费的，而另一种是专供异教的人们享用的。他说他“要求的文学是一种不自觉地、无意识地表现基督思想感情的文学，而不是一种故意地和挑战性地为基督教辩护的文学”，这就是为什么相当一部分单纯属于宗教文学的诗歌带有宣传性质，只能是带有局限性的“次要诗歌”，表现出了对于人类激情的无知。他还提及，至于很多以反映基督教思想为己任的文学作品之所以是伟大的，不仅仅是由于它们的宗教立意，同时还恰恰是由于其背景被放置在一个明确的非基督教世界里，具有很高的文学标准，所以才那么长久地吸引着读者。与此同时，在某些并不直接触及基督教主题的文学作品里，其实有时候也可以表现出宗教层面的立意和思想，也可以是伟大作品。

艾略特自己在寻找信仰的过程中，他的态度一直都是开放式的。对于不同于他的家族信仰的宗教，他一直都并不排斥，保持着个人的独立思考并且积极研究。来自他家族的宗教基因的那个“唯一神教”，早就遭受到了年轻时代的艾略特的怀疑，以至于最终摒弃。在他看来，唯一神教在最重要的基督教要义方面出了问题。他否认基督教的三位一体学说，不认为上帝道成肉身来到世间，耶稣就是神的儿子，对于罪与罚、天堂与地狱等基本概念，也是忽略的。同时却强调人类自己在世俗社会中的行为和道德，以及在世界上的成功——这一切，在艾略特看来更像是美国化了的人文主义，而不是基督教，根本无法对人类的灵魂进行救赎。

在哈佛上学时，艾略特曾经深受白璧德等教师的影响，对梵文和佛教有过钻研。佛教徒的非个性化的超脱直接影响了艾略特的诗歌创作，后来他的反对“个性化”倾向即从此而来。他在学生时代阅读过《奥义书》之类，购买过《吠陀薄伽梵歌》《吠檀多经》。在他没有正式进入英国圣公会之前，甚至在他写作《荒原》的时段，还对佛教保持着浓厚的兴趣，甚至产生过信仰佛教的念头。

然而艾略特终于没有成为佛教徒，同时他又渐渐成为自己家族宗教的叛逆者，他反对唯一神教那种过于自由、折中和温暾的宗教——那其实已经不是宗教了。于是他对基督教的核心问题一直不停地追究，关于原罪，关于戒律，关于苦修，在他看来都是必须的，不可以回避的，必须对这个世俗世界转过身去，背过身去，经过长长的黑暗的炼狱，才能抵达天堂，沐浴在上帝的光芒之中。

终于，他还是成为但丁和奥古斯丁的追随者。他在信仰上是激进的，他的激进同时又带着忏悔和禁欲的色彩，他成了基督教信仰上的一个古典主义者。

这样的一个迂回和开放的寻找信仰的过程，恰恰反映了艾略特在信仰这个问题上的严肃和真诚。他的怀疑主义，恰恰是为了更加确认和确信。他在信仰道路上所走的每一步，都是跟他的生命经验息息相关，都是同步的。唯有这样，才是最真实的。

基于他在《宗教与文学》中对于二者关系上所倡导的那些观点，T.S. 艾略特在创作诗歌时并不直接把基督教教义直接放进诗中，但他是在将《圣经》融化了或者熔化了之后，带进诗里去的——这一点，只有对《圣经》和基督教文化十分熟悉并且敏感的读者，才能够不经过注解和赏析文章的带领而直接从字里行间就感受到。这种对于《圣经》教义的使用和理解，也完全是一种活泼的开放的方式。作为成名之作的《荒原》，《圣经》在这首长诗之中可谓无处不在，但又难以直接而显明地触摸到——《圣经》已经完全融化进了这首长诗之中，成为一种弥漫着的无处不在的气息。

艾略特自己曾经说过，他写《荒原》，不过是为了发泄他自己对于生活的私愤。这句说明倒可以使人联想到，如果不怕牵强附会的话，是否可以把《荒原》看作是一部英文版的《离骚》? 不可否认，《荒原》除去一战之后欧洲的状况这个大背景，里面还有许多来自诗人自身生存境遇的感受，包括他与薇薇恩那一言难尽的婚姻状况，甚至其中还有一部分来自在波士顿在哈佛时写的一些诗歌片段，毫无疑问涉及他的早年经验。

长诗《荒原》，从字面上读来，其文本的文学特性远远大于基督教特性，可是它的“基督性”是一种不能一目了然却无处不在的存在，弥漫在字里行间。在长诗的后面，有艾略特应读者要求而加上的许多条注解。有的诗句，其来路和指向，明确地被诗人自己标明了与《圣经》中的某个含义有关；而还有一些诗句，艾略特并没有加注什么，但在上下文关联中，其实也可以读出与《圣经》隐约的关系。

这首长诗一上来，第一部分，就是《死者的葬礼》。一上来就是死。

诗人在这一章里在读者面前展现了一幅幅“荒原”上的景象。从一般意义上看去，荒原往往被理解成是废地，是死寂的，无用的，没有希望的，被抛弃的，但是，其实并非如此，艾略特从一开始描述这片可怕的死亡之景时，就暗示着这里面包含了一丝生机。先看那个著名的开篇：

> 四月是最残忍的月份，从死去的土地里
> 培育出丁香，把回忆和欲望
> 混合在一起，用春雨
> 搅动迟钝的根蒂。
> 冬天总使我们感到温暖，把大地
> 覆盖在健忘的雪里，用干燥的块茎
> 喂养一个短暂的生命。

四月的土壤本来就是包含着复苏的土壤，即使是在冬天，在被大雪覆盖的遗忘之中，这场复苏的可能也从来没有离开过，而是始终存在着的。冬天的土地是死去的土地，但终将被春雨搅动，使得丁香的块茎在里面萌动，等着破土而出。这讲的明显是出死入生的道理，没有死就没有生，只有让旧的生命先死去，才能获得一个崭新的生命，死去恰恰是为了重新活过来，这跟那个让死尸复活的拉撒路的故事可以互相映照一下。《约翰福音 11》讲了这件事情。拉撒路患病去世后，在坟墓里已经四天了，耶稣来到坟墓前，他们就把石头挪开。耶稣举目望天说："父啊，我感谢你，因为你已经听我；我也知道你常听我。但我说这话，是为周围站着的众人，叫他们信是你差了我来。"说了这话，就大声呼叫说："拉撒路出来！"那死人就出来了，手脚裹着布，脸上包着手巾。耶稣对他们说："解开，叫他走！"这是耶稣行的一个很大的神迹。这里的四月以及丁香，就是从死里活过来的征兆，这种必须让旧生命死去才能产生出新生命来的颠覆过程，这种旧生命不亡就不足以从旧生命里产生新生命的带着纠结与爆破的努力，当然是"残忍"的。

所以，《荒原》一开篇，其实就已经进入了全诗的核心，进入了出死入生的主题，这与耶稣基督上十字架受难死去又在三天之后复活的过程遥遥地隐约对应。

再往后看，接下来描述了真正的具体的荒原景象是多么可怕，其中景象之一是这样的：

这些盘曲虬结的是什么根，从这堆坚硬如石的垃圾里
长出的是什么枝条？人之子，
你说不出，也猜不透，因为只知道
一堆破碎的形象，这里烈日曝晒……

艾略特自己在这首长诗的后面对这几句诗有注释，诗人自己明确地指出了这里的诗句灵感来源于《圣经》，非常具体地与《以西结书2·1》《以西结书37·3》相关。艾略特还更进一步地注解出了《圣经》中的内容。《以西结书2·1》，他对我说："人子啊，你站起来，我要和你说话。"《以西结书37·3》，他对我说："人子啊，这些骸骨能复活吗？"我说："主耶和华啊，你是知道的。"艾略特这段诗中所描绘的景象，其实除去可以看成一般意义上的对荒原情形的描述之外，确实是对《以西结书37》的一个个人化和诗意化的复述。这一章的《圣经》所涉及内容主要是先知以西结通过神的灵看见异象并由此给以色列民悔改便可复兴的希望，主要集中在《以西结书37·1—14》。原文如下：

耶和华的灵降在我身上。耶和华借他的灵带我出去，将我放在平原中；这平原遍满骸骨。他使我从骸骨的四围经过，谁知在平原的骸骨甚多，而且极其枯干。他对我说："人子啊，这些骸骨能复活吗？"我说："主耶和华啊，你是知道的。"他又对我说："你向这些骸骨发预言说：枯干的骸骨啊，要听耶和华的话！主耶和华对这些骸骨如此说：'我必使气息进入你们

里面，你们就要活了。我必给你们加上筋，使你们长肉，又将皮遮蔽你们，使气息进入你们里面，你们就要活了；你们便知道我是耶和华。’”

于是，我遵命说预言。正说预言的时候，不料，有响声，有地震；骨与骨互相联络。我观看，见骸骨上有筋，也长了肉，又有皮遮蔽其上，只是还没有气息。主对我说：“人子啊，你要发预言，向风发预言，说主耶和华如此说：气息啊，要从四方而来，吹在这些被杀的人身上，使他们活了！”于是我遵命说预言，气息就进入骸骨，骸骨便活了，并且站起来，成为极大的军队。

主对我说：“人子啊，这些骸骨就是以色列全家。他们说：‘我们的骨头枯干了，我们的指望失去了，我们灭绝净尽了。’所以你要发预言对他们说，主耶和华如此说：‘我的民哪，我必开你们的坟墓，使你们从坟墓中出来，领你们进入以色列地。我的民哪，我开你们的坟墓，使你们从坟墓中出来，你们就知道我是耶和华。我必将我的灵放在你们里面，你们就要活了。我将你们安置在本地，你们就知道我——耶和华如此说，也如此成就了。这是耶和华说的。’”

这一段经文其实在现实中常被用来作为以色列国复国的依据之一。公元前712年和公元前586年，北国和南国相继灭亡之后，以色列人的神的灵带先知来到平原中，让先知以西结看到“异象”，借以告诉以色列人他们的灭亡和被巴比伦掳去，都是因为有罪不肯悔改，而且不敬神。当然神依然怜悯他们，劝其悔改并给了希望。经文的“平原”是堕落并拜偶像的迦南人和腓力士人生活的地方。“平原”相对的当然是“山上”，这里分出了两个截然不同的世界。山上是象征神的子民生活的地方，平原则象征与此相对的不信耶和华的人生活的地方；山上生活是属灵的生活，平原生活是指俗世的生活。为了肉体的欲望，以色列人摒弃严格的神所要求的生活，而去过那种跟不信仰耶和华的人们一样的生活，屡屡犯罪，在神对他们的惩罚和不断兴起之中，他们不断地悔改犯罪，再悔改再犯罪……如此循环上千年，到最后麻木了，他们自己连悔改的能力也没有了。于是神为了拯救以色列人，让他们的先知以西结看见异象，这个异象就是全以色列人的骸骨都死在了平原，这个异象表示全以色列百姓全部陷入了属灵的枯干。艾略特写“一堆破碎的形象，这里烈日曝晒……”就是从这段经文的这个异象而来，就是指在平原上枯干了的骸骨。骸骨就是死人，死得已经距离生命非常遥远。骸骨是无用的，它们不能再生产，也不能使用了；骸骨是无气息的，属灵生命是死的，对堕落的生活没有任何反抗能力；骸骨是无指望的，已经不指望神来救自己了。这就是指的当年以色列人的悲惨情形。其实，艾略特在诗中也是想借用这个异象来指出当时欧洲以至整个西方社会在精神上的衰败和绝望的状况，并暗示这一切都是由于失去了对上帝的信仰。在这个《以西结书 37》关于异象的经文里，出现了枯干骸骨之后，神对以西结讲话，以西结听到神的话，神又让以西结对着骸骨发预言，即通过以西结而让百姓听到神的话。光有神的话还是不行的，还要有神的灵，即圣灵——也就是经文中反复提到的“气息”——来做工作，来再造生命。经文中提到的响声和地震，都是表明神在工作，“我必给你们加上筋，使你们长肉，又将皮遮蔽你们，使气息进入你们里面，你们就要活了……”这里是用肉体的生命创造来象征灵的生命的再造。灵里再造之后的生命才能成为极大的军队，即万军之耶和华的军队，在属灵的征战里获胜。接下来，强调“我开你们的坟墓，使你们从坟墓中出来，你们就知道我是耶和华。我必将我的灵放在你们里面，你们就要活了。我将你们安置在本地……”这里写的分明是神会让死去的灵重新活过来，即复活。那么，重新活过来的目的是什么呢？目的就是“我将你们安置在本地”，就是说要重新带回山上，去过山上的属灵的生活，去过信仰上帝的生活。从这里可以看出艾略特在这里将《圣经》意味引入诗歌的深意。艾略特或许把以西结当成了自己的榜样，把自己当成了以西结的追随者，诗人尝试并想象着像以西结那样肩负使命，对这堕落的悖逆的人间发出呐喊和警示。

艾略特在注释中还明确提到了《金枝》（英国文化人类学家弗雷泽的一部研究原始信仰和巫术活动的科学著作——编者）的影响，说自己引用了其中有关繁殖神的章节，当然他特别指的应该是其中“死而复生”的巫术。其实这第一章《死者的葬礼》不仅会使人联想到《金枝》里提到的古代丰年神像被人埋在土中，期待重生，而且也会让人联想到诗人自己在注解里提到的上述的《以西结书》中的内容，尤其是涉及骸骨复活更新的这段经文。当然如果进一步联想下去，还会想到后来的耶稣复活。所以，这《死者的葬礼》虽然描绘了死寂的荒原之景，读上去让人感到心悸，最终却并不至于让人感到彻底的灭顶的绝望。因为诗中的死亡并不是完全的终结，其实还孕育着一种新的可能。旧的生命死掉，才在特定的条件下有可能复活出一个新的生命来，这就是基督教所指的灵里的更新。这样的《死者的葬礼》里的些许生机还只是隐隐约约的，然而，毕竟还是有的。

仍然是在这第一章《死者的葬礼》中，接下来出现了下面的诗句：

> 死去的树不能给你庇护，蟋蟀不能使你宽慰……

这里的诗句，诗人在长诗后面的注释里明确表示这一句与《圣经》中的《传道书 12 · 5》有关。这段经文在合和本《圣经》里是这样的：

> 人怕高处，路上有惊慌，杏树开花，蚱蜢成为重担，人所愿的也都废掉；因为人归他永远的家，吊丧的在街上往来。

说实话，合和本中这一段经文的译法，从汉语本身来看，文笔优美，语感不错，却让人感到挺费解的。倒不如其他译本让人易明了。如果综合其他汉语译本和英文版来理解，这一段的意思大致可以理解成：人变老以后，会很痛苦。他们怕上高处，走路也有危险，不得不战战兢兢地谨慎着，头发白如银色的杏花，行动缓慢，举步维艰，仿佛曾经轻快跳跃的蚱蜢如今变成了胖肿笨重，似挑了千斤重担的模样。而且，他们已经没有性的冲动了，就是壮阳药也不管用了。人终必要返回天家，到他最终的归宿之地去，送丧的人只得在街上为他举哀，徘徊并哀号。

如果联系包含了这一小节的《传道书》第 12 章中的前后文，尤其是第 1—8 节来理解经文的意思，则会更加明了，经文是这样的：

> 你趁着年幼、衰败的日子尚未来到，就是你所说，我毫无喜乐的那些年日未曾来临之先，当纪念造你的主。不要等到日头、光明、月亮、星宿变为黑暗，雨后云彩返回，看守房屋的发颤，有力的屈身，推磨的就止息，从窗户往外看的都昏暗；街门关闭，推磨的响声微小，雀鸟一叫，人就起来，歌唱的女子也都衰微。人怕高处，路上有惊慌，杏树开花，蚱蜢成为重担，人所愿的也都废掉；因为人归他永远的家，吊丧的在街上往来。银链折断，金罐破裂，瓶子在泉旁损坏，水轮在井口破烂，尘土仍归于地，灵仍归于赐灵的神。传道者说："虚空的虚空，凡事都是虚空。"

以上经文可以说是描绘出了一幅又一幅关于老年和临近死亡的小素描小插图，这一系列图片效果的文字极其生动，比喻意味很重，感染力很强。从这第 8 节往后去直到整个第 12 章结束以及《传道书》结尾，又在做总结，还是劝人趁着年轻时就早早归向神，不要等到年老体弱再也没有力气了再去寻找神，人要敬畏造他的那个神，谨守他的诫命，这是人所当尽的本分。因为人所做的一切，包括那些藏起来的隐秘之事在内，都要接受最后的审判。

艾略特在这句诗中用的是“蟋蟀”——长诗《荒原》英文版原文里即如此——而不是《圣经》经文里的“蚱蜢”。此处作为与《圣经》经文相关的一个大致暗示意思的使用，蟋蟀和蚱蜢算是两个高度相似的意象，它们都属于节肢动物门、昆虫纲、直翅目，只是它们不属于同一个科，前者属于蟋蟀科，后者属于蝗科。既然诗人自己加的原注释中都认为这一句诗与《圣经》中的《传道书 12·5》有关，那么在这里写成蟋蟀还是蚱蜢，其实都已经无关紧要了。艾略特在这里引用《圣经》中的这个意思，毫无疑问是想表达从罪和死中重新归向神、重获灵里的新生的重要性和紧迫感。这死寂的荒原，正是犯罪得罪神的结果，那么，怎么才能让这众多的枯干骸骨从这充满罪恶的平原甚至荒原上复活呢？要趁早，要赶紧，否则谁也不能给你庇护和安慰的无能为力的晚年就要来临，不要等着还没有来得及抓住神的救赎，就已经坠入万劫不复的地狱和永远的死亡。

紧接着下面这两句诗又与《圣经》中的《以赛亚书 32·1—2》有关。诗中说：

> 而干燥的石头也不能给你一滴水的声音。只有
> 这块红岩下的阴影……
> （走进红岩下的阴影下面来吧，）

而相关经文是这样的：

> 看哪，必有一王凭公义行政，必有首领借公平掌权。
> 必有一人像避风所和避暴雨的隐密处，又像河流在干旱之地，像大磐石的影子在疲乏之地。

在这里，神让先知以赛亚看到，那将要来的弥赛亚国度是什么样子的。这样一个神掌王权的国度是什么样子的呢？犹太人口中传说的弥赛亚，也即新约中的耶稣基督，不但是一位威严的君王，借公平掌权，同时又是为人遮风避雨的避难所，是你在沙漠中行走得疲惫不堪、人困马乏时遇到的河流，又仿佛一大块磐石形成的阴凉的影子，可以做疲乏之人的休栖歇息之地。弥赛亚第一次降临到世上的时候，是要来承担人类的罪，替人类背十字架。但当弥赛亚在第二次降临时，他就要真正地做王，即弥赛亚的国度的王。

"这块红岩"，就是"大磐石"，而"磐石"在《圣经》里常用来做比喻，形容耶和华、弥赛亚、基督耶稣的特质，甚至干脆用来直接指示耶和华、弥赛亚、基督耶稣。摩西曾经按耶和华的吩咐击打磐石出水，让百姓有水喝；耶和华的使者还使磐石出火，把基甸献上的祭物烧了；神还使磐石上流出奶与蜜来，让以色列人进入的迦南地丰美异常；耶稣把教会建造在磐石上，也就是在对耶稣正确认识的基础上；"登山宝训"里在讲到两种基础时对比了磐石与沙土，强调聪明人建房子不是建在沙土上而要建在磐石上，即建在神的话语之上，才能牢固……真正的磐石，就是神，就是主，就是耶和华，就是弥赛亚，就是耶稣基督——这是信靠的根基。

很明显，诗人艾略特把这句经文的主旨含义消化之后，成了自己的思绪，做了成功的化用，形成了自己的诗句。艾略特具有学者的深厚文化功底，又加上他的诗人的激情，在这首长诗中表达出了他对所谓现代文明社会的深深忧虑与不安。他在此处的这个诗句通过对《圣经》经文的化用，其最终的目的还是要提倡以基督教价值观传统来引领人类和世界，让人不要忘记基督还会再来，神的国才是人类真正的安慰和庇护，人类在任何地方用什么方式都不可能得到真正的安慰和庇护。

艾略特应该是十分喜爱《以赛亚书》的。据艾略特传记中的相关记载，在诗人自己阅读的那本《圣经》里，他用笔格外地标出了下面这样一段话："你不要害怕：因为我救赎了你，我曾提你的名召你，你是属我的。"这段话即出自《以赛亚书 43》。而他在书上用笔标出来的这段经文完全可以与《以赛亚书 32 · 1—2》里的经文形成呼应。

长诗的第二部分《对弈》。对弈，涉及某个剧本中的一个典故，在这里代指偷情或者性的游戏。对弈，就是下棋，其实就是一场双方的虚拟战争，是一场心智和体力的双重角斗，用尽心机挫败对方。所以这里可以看作暗示着两性关系，展现出来的便是家庭婚姻以及一切男女关系的钩心斗角。诗人在这一部分里描写了各种各样的不正当男女关系和性行为。百无聊赖的伦敦贵族妇女、小市民在酒馆的对话，涉及的都是暧昧的男女关系。不论男女老少，都深陷在性的泥潭而无力自拔，失去了信仰，精神毁灭，灵里死亡。在这个堕落的荒原上，人物一边享受着罪中之乐，一边感到空虚和惶恐。有肉体亲密关系的人，却依然无法实现精神上的沟通："今晚上我精神很坏。是的，坏。陪着我。/ 跟我说话。为什么总不说话。说啊。/ 你在想什么？想什么？什么？ / 我从来不知道你在想什么。想。"他们偶尔也会迷惘地发问并反省："我现在该做些什么？我该做些什么？ / 我就照现在这样跑出去，走在街上 / 披散着头发，就这样。我们明天该做些什么？ / 我们究竟该做些什么？"这种精神上的无力感与沮丧感是真正的死亡。在性本能释放和性狂欢之后，人们又对这性本身产生了深深倦怠，对这生活产生了厌弃，这时却感到无路可走。这是一种典型的临近死亡之时的状态。

《对弈》这一章的描述，无异于地狱本身。

《圣经》里对于性有一些论述。《圣经》并不反对性，甚至还认可并歌颂性爱。《圣经》中《创世纪 1 · 27—28》里说："神就照着自己的形象造人，乃是照着他的形象造男造女。神就赐福给他们，又对他们说：'要生养众多……'"同样，《创世纪 2 · 24》里说："因此人要离开父母，与妻子连合，二人成为一体。”而在《圣经》的《箴言 5·18—19》中还说：“要使你的泉源蒙福，要喜悦你幼年所娶的妻。她如可爱的麀鹿、可喜的母鹿，愿她的胸怀使你时时知足，她的爱情使你常常恋慕。”而《雅歌》里更是歌颂美好爱情，在第 7 章第 6 节里：“我所爱的，你何其美好、何其可悦，使人欢畅喜乐！”但《圣经》一直反对不正当的性。《圣经》的《出埃及记 20 · 3—17》是著名的“十诫”，上帝借由以色列先知摩西向以色列民颁布十条当守的最基本准则，上帝亲自用指头写在石版上，后被放入约柜。这是生活准则，也是最初的法律条文，其中第 14 节，也就是第七条是：“不可奸淫。”《哥林多前书 6 · 13》：“身子不是为淫乱，乃是为主；主也是为身子。”《哥林多前书 7 · 2—3》：“但要免淫乱的事，男子当各有自己的妻子，女子也当各有自己的丈夫。丈夫当用合宜之分待妻子，妻子待丈夫也要如此。”《希伯来书 13 · 4》：“婚姻，人人都当尊重，床也不可污秽；因为苟合行淫的人，神必要审判。”《帖撒罗尼迦前书 4 ·3—4》：“神的旨意就是要你们成为圣洁、远避淫行；要你们各人晓得怎样用圣洁、尊贵守着自己的身体。”《罗马书 1 ·24》涉及同性恋：“所以，神任凭他们逞着心里的情欲行污秽的事，以致彼此玷辱自己的身体。”另外在《圣经》其他一些经文中也涉及一些性行为的罪，包括婚外性行为、同性恋、人兽交合、双性恋、性交易、通奸、交换配偶、嫖娼、乱伦、强奸、一夫多妻、一妻多夫、恋童癖等。神在造人的时候，因为慈爱，而给了人自由意志，甚至包括犯罪的自由意志。从神的主权来看待人的行为，可以分为这么几个层次：第一类，属于符合神的旨意的行为，这是美好的，与救恩计划相关；第二类，属于神许可的行为，也就是说神对于这样的行为不一定满意，但又尊重人的自由意志，恰如《诗篇 106 · 15》所说：“他将他们所求的赐给他们，却使他们的心灵软弱。”第三类，属于神任凭的行为，人去做了坏事，冒犯了神，但神仿佛没有态度，任其发展下去，任其最终走向灭亡；第四类，属于神阻拦的行为，人犯了罪过，神立即施行管教，不让这罪发展下去，这样还是有指望的。这第二部分《对弈》中的不正当的性行为，毫无疑问，当属于第三类神任凭的行为，日积月累，将一步一步地走向真正的死亡。

而且性这个问题，自始至终都对诗人艾略特自己也形成了一定的困扰。从他与妻子薇薇安的糟糕关系，以及他与其他女性进退两难的交往可以看出，性的问题一直让他纠结，他很难在这个问题上心安理得或者说获得身心平衡。

长诗的第三部分叫《火诫》，第四部分是《死于水》。

一章写了火，另一章写了水，而火和水这两个意象，与佛教、基督教都有联系。

在佛教中，火是光明和威力，也是在地狱中惩罚罪人的刑罚，同时，经过火葬可以获得重生和涅槃，从火中可以诞生出生命来。佛教中的水，表示流转不息。一切事物都处在迁流变动中，生命也处在生死流转之中，时刻在流逝，短暂而无从把握，如水一般脆弱，起起灭灭，苦海无边。水也表达清净和净洁，表示以水去濯，最终达到澄澈空明以至虚空寂寂的境界。

在基督教里，火代表神对罪的审判，代表洁净和重生，代表通过类似火祭而进行的神对人的试炼……比如，神把偷吃了智慧树上果子的亚当和夏娃赶出伊甸园之后，在园子东边安设基路伯和四面转动发火焰的剑，火成为通向天国的一道拦截屏障；神还从天上降火烧毁所多玛和蛾摩拉这两座罪大恶极的城市；六翼天使撒拉弗手里拿着用火剪从坛上取下来的红炭，去沾人的口，便将罪孽除掉，使罪恶赦免了。还有，但以理的三个朋友因不拜金像而被扔进火窑，结果在火中游行并不受伤，其一还像耶稣样貌。彼得预言，耶稣第二次来时，要来审判世界，用火焚烧一切罪恶，造一个新天新地。《圣经》之《启示录》里则预言，到了末日审判时，耶稣得胜，会杀死一切敌人，撒旦则将被扔在硫黄的火湖里，痛苦直到永远。至于基督教里的“水”，可以是灾难，代表着惩罚，比如，《创世纪》中上帝看到人类犯罪，后悔造了人，于是决定用大洪水来毁灭所有生灵，最后只剩下挪亚方舟上的少数；《出埃及记》中，以色列人过红海时，上帝让摩西用杖击打海水分向两边，使得以色列人顺利通过，而让追赶他们的埃及人葬身海底。除此之外，更重要的是，水在基督教里还有更为重要的寓意，水更是生命，是圣灵，是道和真理，是上帝的话语，信主受洗要用水来洗，洗去旧人，成为新人。在《约翰福音》里，耶稣说："人若喝了我所赐的水，必永不渴。因我所赐的水，必要在他里头成了泉源，直涌到永生。"又说："人若渴了，可以到我这里来喝。信我的人，从他的腹中，必要流出活水的江河来。"

总之，诗人艾略特是想通过无论是佛教还是基督教里的火与水的寓意指出：只有通过宗教，才能将荒原中那些执迷不悟的人救赎，使他们弃绝世上的欲念，去过一种圣洁的生活，即与荒原相对的"山上"的生活。

> 在莱蒙湖畔我坐下来低泣……
> 亲爱的泰晤士河，你轻柔地流，直到我唱完我的歌。
> 亲爱的泰晤士河，你轻柔地流，因为我说得不响也不长。

这节诗中，莱蒙湖指日内瓦湖，而对照《圣经》，在旧约《诗篇 137 · 1—4》中有这样的句子：

> 我们曾在巴比伦的河边坐下，
> 一追想锡安就哭了。
> 我们把琴挂在那里的柳树上；
> 因为在那里，掳掠我们的要我们唱歌，
> 抢夺我们的要我们作乐，说：
> 给我们唱一首锡安歌吧！
>
> 我们怎能在外邦唱耶和华的歌呢？

《诗篇》在这里描述的是神的选民在被掳之地巴比伦的河边因追想耶路撒冷而痛哭。而诗人艾略特在这里把当下的莱蒙湖和泰晤士河，用来暗示巴比伦河，使人可以联想到现在整个以伦敦为代表的西方社会状况之下的人们其实就类似于当年被掳的以色列民，被神离弃之后，过着类似于外邦人的生活，怀想往昔美好，心中充满凄凉。

在《火诫》这一章的最后，诗人写道：

燃烧吧燃烧吧燃烧吧燃烧吧
啊主啊请您把我救出来吧
啊主啊您救救我吧

燃烧吧

这一诗节，诗人艾略特自己加了注解，表示这里的诗行“燃烧吧燃烧吧燃烧吧燃烧吧”引自佛教的《火诫》，诗人又进一步解释说其重要性相当于《圣经》中的“登山宝训”。艾略特在这里提到的佛教寓意是，佛陀告诫僧徒一切在燃烧，眼睛、眼睛所见、眼睛的意识、印象……其根源就是情欲之火、愤恨之火、迷恋之火，为生老病死为烦愁苦闷而燃烧……在诗人看来，情欲之火毁灭了人与神的关系，造成了“乌有和乌有联结在一起的现实”。诗人大概是想向佛陀请求，要让大火来扫尽一切情欲和不节制的不合理的人类欲望，从而达到涅槃的效果，将人类从这堕落的灾难里救出来。这是佛教徒要遵守的基本教义。人类要拯救精神上乃至灵里的荒原，必须借助于这样一场历炼，仿佛经过炼狱，方可到达天国或者说神的国。所以，诗人认为此处佛教教义的重要性与基督教教义“登山宝训”的重要性几乎异曲同工。“登山宝训”见《路加福音 6・20—49》以及《马太福音 5—7》，是每一个基督徒的行为准则和规范。它们是耶稣基督在山上所说的话。耶稣基督把天国里的法则说给他的门徒听，是为要叫每一个基督徒都做天国之子。“登山宝训”作为基督徒言行的准则，包括了重要的八种福气，以及要求在世上做盐做光、论律法、论发怒、论奸淫、论起誓、论离婚、论报复、论爱仇敌、论施舍、论祷告、论饶恕、论禁食、论天上的财宝、论心里的光、论神和财利、劝人不要忧虑、不要论断人、祈求就得到、要进窄门、两种果树、尊主旨进天国、两种基础等等，当然还包括那最为著名的“主祷文”。诗人用这种方式引出《圣经》中关于基督徒的言行准则。既然火烧掉了一切不正当欲望和罪过，既然旧生命死在了水里，那么，从火中从水中重新活过来的这个新的生命、这个将来要进入神的国的新生命，接下来该如何在这世上行呢？于是诗人在这里引导读者重温“登山宝训”。

从《火诫》到《死于水》，恐惧一步步地在加深，诗人指出了一条道路：这个城市里的人们转过身去，像佛陀、奥古斯丁那样苦修，求得新生。为此诗人暗示了一个遥远的模糊的被海水清洗的海员形象，以及披了斗篷的复活的耶稣基督形象。《死与水》，与其说是在水中死去，倒不如说是人从水中得到了净化和蜕变。

接下来，终于到了这首长诗的第五部分，也是最后一部分，这一章叫作《雷霆的话》，其中有这样的诗句：

当火炬映红了一张张汗涔涔的脸
当花园里只留下一片寒霜般的寂寥
当受尽了人间冷酷无情的极度痛苦
尖利的喊声和哭号
牢狱和宫殿以及春天的雷霆
在遥远的群山之上回响之后
他过去活着的现在已经死亡
我们过去活着的现在怀着一丝忍耐
正濒临死亡

这一诗节所写，与《圣经》相对应，隐约暗示耶稣被囚、被审、钉在十字架的过程。神的儿子道成肉身来到世上，承担起了全人类的罪，为了救赎人类，替人类上了十字架，死在十字架上。“他过去活着的现在已经死亡”指本来没有罪的耶稣，为了完成神对人类的救赎计划建成神的国，因着神的圣洁和公义，去审判了人的罪，又因着慈爱，竟承担起了人类之罪，把所有的罪全都放在了自己身上，替人去死，让旧的有罪的那个进行着的生命去死掉。“我们过去活着的现在怀着一丝忍耐 / 正濒临死亡”。耶稣替人去死，人去信仰耶稣，人类也应该模拟出一个让有罪的旧的生命去死掉的这样一个过程。虽然人类认识到自己的原罪和所犯过错是不容易的，虽然人完全不犯罪也是不可能的，甚至走回头路的可能性也是有的，但是，在信仰了耶稣之后，认识到十字架的道理，心里就会柔软并谦卑下来，明白耶稣替死是神的恩典，心里有了“罪”的意识，所犯罪过就会减少，线性犯罪变成点式犯罪，并且还会越来越稀少。这种过渡与艰难，正如诗中所用字眼：“怀着一丝忍耐”“正濒临”。信仰耶稣是为了获得一个新的灵里的生命，那么，老的生命，也就是按照过去有罪的生命样式活着的此时此刻这个老生命“正濒临死亡”，应该是一件好的事情，只有这个老生命死掉之后——正如“他过去活着的现在已经死亡”，正如耶稣死在了十字架上——才会获得一个灵里的新的生命，犹如耶稣死后三天复活。人还是那个人，而那样一个死而复生的生命，已经完全不是过去的那个生命了，正如奥古斯丁所言：“是我，但不再是我。”

在这群山怀抱的腐朽的洞穴里
月色迷蒙，在小教堂近旁
坍圮的坟墓上，野草在唱歌
小教堂空寂无人，只是风的家。

没有窗子，门在摇晃
枯槁的尸骨不能伤害人
一只公鸡孤零零栖立在屋脊上

这一段诗节，诗句“枯槁的尸骨不能伤害人”，再次涉及了《以西结书》中骸骨枯干的异象。这一诗节，更多的是涉及圣殿被毁之后的荒凉景象，尤其“小教堂空寂无人，只是风的家。/ 没有窗子，门在摇晃”之句，使人想到没有了神没有了信仰的教堂只是一个空壳。这一段诗歌，完全可以对应《圣经》中的《诗篇 74》来理解，《诗篇》的这一章节正是哀诉圣殿被毁，其中有这样的句子：

求你举步去看那日久荒凉之地，
仇敌在圣所中所行的一切恶事。

你的敌人在你会中吼叫；
他们竖了自己的旗为记号。
他们好像人扬起斧子，
砍伐林中的树。
圣所中一切雕刻的，
他们现在用斧子锤子打坏了。
他们用火焚烧你的圣所，
亵渎你名的居所，拆毁到地。
他们心里说：我们要尽行毁灭；
他们就在遍地把神的会所都烧毁了。

我们不见我们的标帜，不再有先知；
我们内中也没有人知道这灾祸要到几时呢！

耶路撒冷的圣殿在历史上三次被入侵，其中最严重的一次是在公元前 586 年，巴比伦军队攻下了耶路撒冷，放火烧了圣殿和城中王宫及所有民房，对圣殿进行彻底破坏，并把圣殿中所有的金银铜器都抢走，烧了耶路撒冷城墙，除留下少数穷人之外，将大部分居民都掳到了巴比伦。这是对以色列人的极大羞辱，更重要的是，这是对神的羞辱。以色列人作为神拣选的子民，屡屡犯罪得罪神，于是得到了神的管教，失去了敬拜的场所和家园，成了被掳的奴隶。他们在患难中很长时间以后，感到神似乎抛弃了他们，于是聚在一起唱出了这样的哀歌，里面涉及非常具体的圣殿被毁的细节和之后的荒凉之景。

圣殿不能被毁，也不能是空的，同样也不可以被亵渎。《圣经》之《马太福音 21 · 12—13》说：

> 耶稣进了神的殿，赶出殿里一切做买卖的人，推倒兑换银钱之人的桌子，和卖鸽子之人的凳子，对他们说："经上记着说：'我的殿必称为祷告的殿，你们倒使它成为贼窝了。'"

不尊重神，不敬拜神，而是跑到圣殿里去利用那里的空间为着自己牟利，不把上帝放在眼里，这类行为实在太悖逆了，所以耶稣基督要洁净圣殿，这就会带来属灵复兴的基础。

诗人艾略特所面对的第一次世界大战之后的欧洲，就是一些因没有信仰之实而实际上相当于已经空洞或者挪作他用的教堂，在这样的信仰危机之中，这些教堂跟当年以色列人在耶路撒冷圣殿被毁的情形无异，同样都是凄冷和哀伤的。

长诗这个第五部分取了最后阶段，郑重其事地出现了印度带有文学意味的宗教文献中的三个寓言中的命令：Datta（给予）、Dayadhvam（同情、慈爱）、Damyata（克制、节制），至今上苍仍然在重复这样三个教诲。这与艾略特对《奥义书》的研读有关。诗人找到了佛教与基督教教义中共通的那一部分。其实，关于 Datta（给予）、Dayadhvam（同情、慈爱）、Damyata（克制、节制），《圣经》中的《加拉太书》第五章讲到圣灵结出的果子时，这三个方面都有涉及，而且在讲到圣灵结出的果子之前，还有一大段关于与圣灵果子相反的犯罪情形的论述，具体经文如下：

> 我说：你们当顺着圣灵而行，就不放纵肉体的情欲了。因为情欲和圣灵相争，圣灵和情欲相争，这两个是彼此相敌，使你们不能做所愿意做的。但你们若被圣灵引导，就不在律法以下。情欲的事都是显而易见的，就如奸淫、污秽、邪荡、拜偶像、邪术、仇恨、争竞、忌恨、恼怒、结党、纷争、异端、嫉妒、醉酒、荒宴等类。我从前告诉你们，现在又告诉你们，行这样事的人必不能承受神的国。
>
> 圣灵所结的果子，就是仁爱、喜乐、和平、忍耐、恩慈、良善、信实、温柔、节制。这样的事没有律法禁止。凡属基督耶稣的人，是已经把肉体连肉体的邪情私欲同钉在十字架上了。我们若是靠圣灵得生，就当靠圣灵行事。不要贪图虚名，彼此惹气，互相嫉妒。

这里提到“圣灵所结的果子，就是仁爱、喜乐、和平、忍耐、恩慈、良善、信实、温柔、节制”。特别提到不可放纵情欲。而情欲并不是单指男女之事，下面明确指出，“情欲的事都是显而易见的，就如奸淫、污秽、邪荡、拜偶像、邪术、仇恨、争竞、忌恨、恼怒、结党、纷争、异端、嫉妒、醉酒、荒宴等类”，要做到不做这些，就要有圣灵在人里面。而圣灵结出的果子包括九个方面：仁爱、喜乐、和平、忍耐、恩慈、良善、信实、温柔、节制。这里不是指圣灵结了九个果子，而是指圣灵结出的果子同时具有这九个方面的特点，是圣灵所结果子的九种品样。“节制”被放在果子的最后一个。要做到圣灵果子提到的前面那些方方面面，就得要节制才行。而此章开篇就提到了“放纵”，与“放纵”相反的正是“节制”，于是这个“节制”概念在圣灵果子之中似乎更加突显出来。

在诗人艾略特看来，在“伦敦”这一没有实体的城中，现代人类欲望横流，被欲望所捆绑。欲望是神创造人类时就赋予人类的，你用合理方式来满足欲望就是对的，用不正当方式来满足就是罪了，不节制欲望也是罪。

很明显，这个果子里自然也包含了Dayadhvam——同情和慈爱，这不仅与这里的圣灵果子相呼应，同时还与《圣经》中的《诗篇23》也产生了呼应。大卫所写的那广为传颂的诗篇中说：

耶和华是我的牧者，
我必不致缺乏。
他使我躺卧在青草地上，
领我在可安歇的水边。
他使我的灵魂苏醒，
为自己的名引导我走义路。

我虽然行过死荫的幽谷，
也不怕遭害，
因为你与我同在；
你的杖，你的竿，都安慰我。

在我敌人面前，你为我摆设筵席；
你用油膏了我的头，使我的福杯满溢。
我一生一世必有恩惠慈爱随着我；
我且要住在耶和华的殿中，直到永远。

这篇经文用来解读艾略特提及的 Datta(给予)、Dayadhvam(同情、慈爱) 再合适不过。上帝正是一个这样的供应者、引导者、保护者、祝福者，给予、同情、慈爱是其具有的一部分重要特征，这样的圣灵进驻之后，人也应该具有同样的给予、同情、慈爱等特征。

再来看这第五章的结尾，也是整个长诗的结尾：

> Dattà .Dayadhvam.Damyata.
> Shantihshantihshantih

这里再次用梵语重复并强调了“给予、同情、克制”，接下来又以三个相同的“Shantih”结束全诗。在艾略特自己加的注解里，他解释“Shantih”在这里重复出现,是每篇《奥义书》的正式结束语，相当于英文中的“出人意外的平安”之意。此语原出自新约《腓立比书 4·7》，原文是:“神所赐、出人意外的平安必在基督耶稣里保守你们的心怀意念。”更完整的经文来自《腓立比书 4·4—7》:

> 你们要靠主常常喜乐。我再说，你们要喜乐。当叫众人知道你们谦让的心。主已经近了。应当一无挂虑，只要凡事借着祷告、祈求和感谢，将你们所要的告诉神。
>
> 神所赐、出人意外的平安必在基督耶稣里保守你们的心怀意念。

这里的“平安”是指恢复人与神的关系。人与神的关系越来越好了，把一切交给神，让神来保守，那么人哪怕苦难还没有解决，也可以放下重担,不再忧愁,照样喜乐。在这之前要做的事情是信靠，凭借祷告、祈求和感谢，才能恢复与神的关系，才能“平安”。

全诗的这个结尾，用了一个迫切祷告甚至敬拜的语调，并且略略有暖洋洋之感，从内容、节奏与乐感综合起来看，使得这个结尾很像是一个大团圆式的结尾，仿佛教堂里在乐器伴奏之下的赞美诗之吟唱，最后发出了巨大的轰鸣，在灵魂深处引起回响。诗人在前面指出了以欧洲为现代文明代表人类所犯下的罪过之后，又暗示人类靠着自己的能力是无法从这深陷的罪的沼泽地中走出来的，人必须靠着信仰的力量，在上帝的救赎之下，才能摆脱罪，获得新的生命，那片遍地骸骨的荒原才能重新焕发出生机，人类才会最终获得平安。读者在读到此处时，需要依靠加进自己的一些思绪来最终将这首诗完成，在那崩溃和重建之间，还是充满了希望的。

很多读者和评论者眼睛只盯着《荒原》中所描述的荒芜、死寂、堕落的情形，将此误读为完全的绝望，再也没有复苏的希望，并且因而认为这首诗完全断绝了与宗教救赎的联结。艾略特反对这种观点，并且在他正式加入圣公会之后发表文章，针对这类评论《荒原》的言论进行了公开驳斥，同时宣称：人的主要特征就是赞美上帝。

艾略特在哈佛大学学习的哲学专业中没有找到期待中的真理，继而转向宗教。同时，他本人又是一个对“罪”相当敏感的人，他似乎对自己对他人对时代的堕落的精神状况怀有恐惧，并且想方设法寻求救助，而第一次世界大战无疑又加重了他的悲观认识和使命感。于是，读者在艾略特的《荒原》里，能隐隐约约地听到萦绕在那一行行诗节背后的《圣经》的布道之声，那里既有耶利米的哀歌、以赛亚的预言，也有以西结的呐喊……

长诗《荒原》整首诗从头到尾都在说荒原上的“死”，但其实无时不在暗示“复活”和“生”，而在这从死到生的路上，等待着人类的是十字架上的基督。这是一首书写一个伟大诗人怎样苦苦寻找信仰并行进在信仰之路上的长诗，同时，也充分体现出这个伟大诗人要以宗教来对文学世俗化进行拯救的努力。就这样，诗人提前身体力行着自己后来在《宗教与文学》这一重要文章中的观点。

2019 年 5 月

第二辑

读散文读小说

群峰之上正是夏天

我踏上山中落叶缤纷的小路
我渐渐看不清了，然后我完全消失
群峰之上正是夏天

这是获过两次普利策诗歌奖并在2010年荣任美国桂冠诗人的W.S.默温曾经写下的诗句。诗里有着辽阔的寂静，有着松散的抒情音调和自由的行吟风度。这些特点很可能来自他早年对法国西南部12世纪行吟诗人作品的研读和翻译。

默温在大学将毕业的那个学期，去圣伊丽莎白精神病医院看望大诗人庞德，庞德向他强调了下列观点：要成为一个好诗人，就要学习母语之外的语言，这样就可以不受制于翻译，就可以回归原文即事物诞生的地方，就可以阅读种子而非嫩枝，最终结果是用其他语言来挖掘母语的表现力，更好地运用母语进行创作。他还认为，对于像默温这样的初学写诗者，最好是去学习最贴近音乐的普罗旺斯文学。于是在庞德的启发和建议下，默温去了欧洲，去了法国西南部乡下，在八九百年前行吟诗人驻足流连过的山野乡间漫游，寻找他们过往的踪迹和留在天地间的气息。他最大胆的行为是用堂姑母留给他的一份800美元遗产买了一幢遗弃的古老乡间住宅，零星间隔居住越十年。

默温在那里学习欧西坦语即普罗旺斯语，这是一种只尚存在某些偏僻乡间并行将消失的语言，况且工业文明正以进步的名义加快着这种语言被遗忘被摒弃的速度。默温在20世纪50年代到达那里，当时还没有关于这种语言的语法书和词典，更无人教授，学习这种语言得靠自己在日常生活中留意，要靠跑到田间地头听村民分析高地谷仓起火的原因来学习，要靠在篱笆围墙旁跟人谈论西红柿枯萎病和移栽韭菜的问题来学习。——这可是欧洲文学史上那些伟大的行吟诗人使用过的语言，那些田园牧歌和叙事诗已经活过了这种用来写它们的语言，已经活过了它们赖以生存的那种文化。从大西洋彼岸来的这位青年诗人正怀着无可挽回的丧失感，心醉神迷地学习着，同时，那些城堡废墟，那些有围墙和拱门的磨坊，那些峡谷里的湍流和小溪，那些山坡上遗弃的石屋，那平畴沃野，那些长在斜坡和洼地的金雀花、黑莓、山茱萸、黑刺李、橡树、葡萄藤和山楂树，还有暮春时节从云霭里露出的日光，都时时加深着他对中世纪行吟诗人传统的理解，他对于美丽乡间的私人探索也因此带有了历史的连贯性。

到骑士抒情诗的发祥地去，到诗歌的源头去，从诗歌原文里寻找到那种穿透时空的魅力。就这样，与庞德的情形相似，诗人默温同时也成了翻译家默温，翻译家默温又更大更好地成就了诗人默温，他是一个懂西班牙语、法语、拉丁语、意大利语、梵语、意第绪语、中世纪英语、日语、盖丘亚族语的大诗人。

当然，也有诗人是反对学外语的。当年西班牙诗人洛尔迦访问美国纽约，在哥伦比亚大学注册后，他十分担心英语会抢母语的地盘，所以拒绝学英语，他的英语只能说“冰激凌”“时代广场”，到饭馆里只点“火腿鸡蛋”,在学校里最喜欢说一句“我什么也不懂”。而激流岛上的顾城——这个中国的洛尔迦——也拒绝学英语，理由同样是保护母语的纯粹性，于是他做了语言孤岛上的鲁滨逊，跟自己的儿子也说不得话了。洛尔迦和顾城都是任性和偏执的人，在这个问题上，除了认可他们的天才之外，无理可讲。

其实，对于一个母语力量足够强大的人，任何外来语都不可能破坏它，而只能补充它丰富它。外语和母语相互映照，可以帮助我们通过另外一种语言重新找到自己的语言，找出词语和经验相联系的最真实部分，可以取长补短，增强我们对语感的控制力。母语是存在于血液里的，是一个人语言的 DNA，怎么可能轻易地被外语改造了呢？再说，退一万步讲，即使我们的母语真的由于与其他语种嫁接而被转基因了，却因此增强了活力，也未免不是一件好事情。

W.S. 默温是在一本叫作《五月之诗》的地理随笔集子中写自己青年时代旅居法国西南部乡村的这段不平凡经历的。普罗旺斯地区有庆祝春天和歌颂爱情回归的风俗。在游吟诗人时代还没有玫瑰，正在开放的白色山楂花闪闪发亮，就成了示爱的语言。山楂花也叫五月花——而五月，而春天，正是行吟诗人和整个抒情诗时代的标志性月份。

T.S. 艾略特强调过欣赏另一种语言的诗歌的重要性，认为诗人可以从与他自己不同语言的诗歌中获得巨大收益。那么，在原文和翻译文本之间，谁是本质？不言而喻。尽可能地回归原文，一个人的阅读才会真正开拓出去，回归到自然和理性，才可能感受到“群峰之上正是夏天”吧。

2010 年 9 月

素面朝天的写生

那本周作人译的日本人文泉子著的《如梦记》放在书橱上好几年了，近来才想起来翻它。

既然是如梦，且又是在三十六岁时书写遥远的幼年，确切地说来是写十岁之前以至七岁和五岁之前的事，从客观上来讲是无法确切地来写的了，也就只能勾勒出个大概朦胧轮廓了，就像从很远处只能望得见一座山的高度、颜色和走向，而无法看清山上的植被种类、庙宇和游人，更别提看到游人脸上的五官和表情了。然而作者又主张将当时新派俳句的新手法“写生”用于散文,作所谓“写生文”，于是就用写实手法描写了许多细节。那么久远的事情在我看来是无法真正地写生的，只能用写意法，用点染法，涂抹出约略的印象来。我疑心这些细节并非全是作者本来经历的，而是出自虚构和主观想象。一个人是绝不可能把那样幼年时期的人物和事件记忆到这般精细的地步的，精细到了纹理。

他写和邻居家的女儿娟姑在蚕豆田里捉迷藏，这件事情或许是有的，而那蚕豆叶翻卷时白色的背面，那豆叶在风中擦着响的声音，那蚕豆花中女孩子的脸，却分时是他后来想象出来的了。再说点便利灯，那灯的美丽肯定是一团模糊地记得的，而当时孩子们落座的顺序和方位依然写得那么确定，却必定是他自己想出来的了。三轮姐正对着灯光，坐正面，清哥一伙人并排坐在习字几的对面，自己先是坐在太田家的小姑娘的下首，后来却又挪到三轮姐的身边去了。这一定是他成年后对于当时情形的臆想吧。那正月初一早晨喝大福茶和屠苏酒，吃杂煮，穿新布袜和木屐，以及那玩吉独乐和打针游戏等等的风俗画面，被他写得何其复杂仔细，其实是大和民族任何一个孩子的普遍经验被作者拿来当成个人经历来写了，不同之处在于他添加了完全属于他个人的细节。比如，他用的那只漆碗上竹叶的定纹，盖子上的羊齿草叶和小鱼虉——可这些细节有多少是他记忆中真正有的，又有多少是他虚构的呢？

有意思的是，作者一边写一边还多次提到，自己对什么什么前后的事情不记得了，也没有什么值得记述的了，似乎他现在凡写下来的都是他脑子中记得的。可是有写作经验的人一定知道，并不是那么回事。他写的童年时期对于人和事的那些确定无疑的想法其实是他成年之后对于那些人和事的理解，他“写生”的只是他成年后臆想中的那个童年，而不是客观存在的那个童年，也许所谓童年原本就是成年后的一种臆想吧。

一般来说，越写实越难以描画出那种岁月的遥远之感、记忆的朦胧之魅，而文泉子用了极写实的素面朝天的笔致，使得全书几乎看不到什么形容词，却有无处不在形容着的感觉。那么多的描写，有着那么旁若无人的轻松，看不出用过丝毫力气，他如实娓娓道来的童年时代的人和风物适得其反地有了大团大团的淡墨的效果，一切似乎都携带了黑黢黢的影子，都发生在皎洁的月光下，真的“如梦”一般。也许跟译者是周作人有关，虽然写的是日本，读来却有一种民国初年的味道，一切都是灰色的或青色的，在去掉修饰的清凉和萧索中又会恍惚地流露出那么一点点艳丽，还夹杂了那么一点点适当的霉味。也许又跟周作人有关，竟还免不了有些江南的印象了，那种亚热带阴沉而低的天空下的感觉。

我忽然想到，好文章原来是这样的，要让形容词作废。正如此书中另一文章中提到的另一个作家所说的，文章中的上乘，是以金刚宝石为内容，以无色透明的水晶纸包之。

2005年9月

物的命名者和废名者

请允许我表达一个也许不太成熟的认识：在当今这个非古典时代，永远只从事某种单一文体写作——无论写的是什么体裁——的作家，似乎多多少少总有那么一丝可疑。诗歌大约是最单纯的文体，相当于所有文体的最小公约数，而散文随笔比诗歌要综合，它可以包含诗歌以及其他门类的要素，小说当然是最综合的文体，所有艺术样式都已经包含在了它的里面。

叶延滨原本是一个具有时代氛围的诗人，也许诗歌的单一和纯粹不足以充分展示人情练达和世事洞明，后来他又将笔的半径延伸到了杂文和随笔。这种延伸是一个人的智慧和阅历到达一定程度之后发生的充溢和迸发，是水到渠成，是自然而然。叶延滨的诗歌和随笔——如果从内在肌理去考察其思维方式和语言特色——原是一种内在的无法摧毁的统一，却又因文体之不同操作方式进而显示出一个作家多层次多侧面的写作才能。

显然，随笔作家叶延滨和诗人叶延滨相处得很好，前者是辽阔的阐释者，后者属精粹的熔炼者，两者既交相辉映又相互补充。随笔创作是诗歌创作在风格和手法上的延续，跟其诗歌有着同样的内核，却比诗歌更具全知视角。在散文随笔里，他不必像在诗歌中那样，一定要通过某种偏斜了的方式把真理说出，而是获得了更大的表述自由，原本的舒展进一步变成了飞扬，原本的活泼鲜活进一步变成了落拓不羁。

至于叶延滨随笔的类别，大约是介乎鲁迅之“杂文”和林语堂之“闲话”之间的那类文章，它们不如前者浓烈，没有那种满腹辛辣和狂热，同时又不像后者那么清淡，没有那么漫不经心和闲适隐逸。相比之下，叶延滨更接近于一位自主的思想者，同时又加上了数以吨计的幽默风趣，行文之中有着自由主义和言近旨远的风范，从略带文化批判的角度诠释着现代社会。似乎这样的文字应该更接近梁实秋吧，所以说他继承了“小品文”的衣钵也未尝不可。然而，“小品文”这个名词仿佛又不足以涵盖叶延滨所有的千姿百态的文章，尤其是那些对于现代文明进行省思之文写得激情洋溢，洋洋洒洒，超越了文体界限，不知归于何类才更算得上合理合情。

叶延滨散文所选角度都有大有小，大到宇宙冥想、大漠行吟、体制探讨、文化景观分析，小到男女所配饰物、花鸟虫鱼。即使是纵横经纬的内容，在他那里也并不打算挖掘出或处理成肌肉发达、骨骼粗粝式的崇高，以唯我独尊来吓唬读者；同理，即使来自日常生活的最最琐屑的经验到了他笔下也都会变得宽宏阔大起来，弥漫着的人间烟火气驱逐不掉形而上的思考。这些随笔所写的这些内容都带有明显的当下色彩，作者对于自己所处时代和现实人生采取了积极干预和迅速介入的姿态。然而，这种干预和介入不是来自以天下为己任或者文以载道的观念，更多则来自个人性情的流露，来自知性和感性相交叉后迸发出来的灵性火花。

不可避免地，幽默感成为叶延滨的第二层皮肤，成为一种在他的随笔里随时随地要表达的生活感觉。

请看这一段：“……男人还是个干活的角色，也要有干活的道具：脖子上系一条毛巾，一看就是个工农基本群众，50 年代的宣传画都是这么画；当然，除了毛巾，还可以在脖子上挂个口哨那是裁判，挎个相机那是记者，挎个望远镜那是船长，总之男人干什么就可以在脖子上套上个什么行头，最不行的，套上个大饼当二流子……”

以外在的道具和装饰来确定人物的职业与身份，使得个体在群体之中消失，让认知变得符号化和雷同化，这是十分常见的现象。作者在这里对这类流行思维进行了概括性的素描，语气颇调侃，读者会忍俊不禁,却并未觉得刻薄。那最末一句,有着些许的百无聊赖，有一点玩世不恭，在效果上却是十分奏效的，是对前面所提及的一系列庄严职业之固定形象模式的否定，会促使人们对所谓工农群众、体育裁判、记者、船长等职业的内涵和外延进行非表面化的、更趋近本质的认识。

再请看这一段：“一说到诗人，差不多每个人都有自己心目中的样子———长得帅气潇洒，举止风流倜傥，言语幽默生动，这是年轻姑娘心目中的诗人样子，徐志摩大概是个例子。长得呆头呆脑，啥事都干不好，言语的巨人行动的矮子，除了写诗之外一无所长，这大概是一些官员特别是行政首长们心目中的诗人样子。长长的头发，迷茫的目光，永不成功的爱情再加上永远失败的婚姻，偶尔冒出的好句子再加上永远说不清的胡思乱语，这大概是文学圈某些人士对诗人的画像……”

这里用了归纳法，从不同视角对“诗人”这同一种事物进行了解释，每一种解释里面的诗人形象都是具有代表性的，同时又都是被概念化和类型化了的。这些来自旁观者的概念化和类型化的解读既具有某种程度的真实性同时又是荒诞不经的，这才恰好反映出了诗人这一独特群体在世俗世界里的尴尬境遇。这概括出来的几种对诗人的典型看法，有着哈哈镜的效果，聪明的读者在被逗笑的同时，会在自己心目中对“诗人”这一词语的原本认识进行一番相对来说更理智更全面的校正，尽量做到不偏不倚，克服蒙在这个词语上的偏见和误读。

究其实，叶延滨似乎在随笔里永远对事物进行着命名，他试图对既定事物进行新一轮的“解词”，站在我们这个时代的角度，在词语旧有的原义基础上进行挖掘，发现隐含其中而被忽略了的更深幽的意味以至于新义，或者干脆根据时代变迁或者个人的趣味化理解进行重新定义——这是一个对人们熟悉的事物加以审美陌生化的过程，使之看上去焕然一新。总而言之，这些随笔其实可以看成是一部充分个人化了的词典，它的名字当然应该叫作“叶延滨词典”吧。读这样一部词典，每查找一个词，都会有不同以往的最新发现，读者会感到自己正处于一个强大的智慧的磁场里，读者未必能够变得像作者那样睿智敏锐，却会意识到在相比之下自己的思维原来是多么陈旧和狭窄。

那一大组写男女饰物的文章共十九篇，是叶延滨散文中写得十分精彩的部分。从观察点来看，它们很像是现代版的《闲情偶寄》，却又远远比那部古书里的文章更加具有心理图景和想象视野。作者思维像水晶的锥形六棱柱，反映的是这个作家思维的向度和精神的折射率。项链、戒指、领带、金笔、钱包、手表、制服、眼镜、打火机、头巾、酒壶……诸如此类司空见惯的事物，都不是什么伟大的东西，在大家眼中已经变得乏善可陈，连同那些定义这些事物的久远词语，在日常生活的高频率使用过程中，早已被摩擦得失去光泽，变得平淡和庸常。而叶延滨在对它们的意义和潜在意义的描述过程中，相当于对它们进行了更加全方位的扫描和重新命名，展现出了这些平凡之物自身的丰满和细微，使它们散发出崭新的魅力甚至诗意。读者在阅读过程中仿佛正在接触一个新的事物和词语，同时还能意识到，这些饰物的审美效果本身就是最大的和首要的目的，超然或凌乎其实际功用之上。然而，难能可贵的是，这类看上去充满文人气息或许更像小品的文字，在强调所写事物的审美功能的同时，并没有让读者产生完全不问现实的唯美主义印象，作者大约是自觉或不自觉地就把他的对于人世的思辨捎带到了纸上。比如，在写金笔的时候，作者以有点儿戏谑的口吻写道：“所以这是一个男人把金笔当作宝剑带在身边的时代……当这个世界上的男人不再是每个后臂都挂着一把剑四处晃荡，我们从心里感谢笔的发明人特别是金笔的发明人，他让这个世界安宁下来了。”在这里，隐含了用笔代替枪、以和平代替战争之意，可是接下来他又水到渠成地对那个口诛笔伐的特殊年月进行了评判，庆幸“以笔当刀害人者也不能再风光了”。作者的递进式联想看去似乎是漫不经心的，思维实则有着环环相扣的缜密。作者并没想驳斥什么，充其量只能算是在轻轻地劝说，字里行间实则渗透了他旗帜鲜明的价值观和特立独行的思考。另外，这一大组文章落笔特别随意，自由自在，无拘无束，有些像是聊天聊出来的，以至于不可避免地有了许多“闲笔”。比如，在淋漓尽致地写完项链的展示功能之后，作者用一句不无揶揄的废话结了尾："我该停笔了，再说项链，这种写法会让人认为我是个推销员了。”再比如，具体地写到手机如何占领市场，写着写着，忽然冒出一句可有可无的话："真是一机在手，举国震动。”后来提及过去男人的饰物手枪手机等随着岁月流转而演变成了孩子和女人的宠物，接下来有了一句与本文主题毫无关联的话："唉，男人无常性，这是好的证据。”讲完了打火机所用能源、所具外形由高档稀罕到方便廉价的时代变迁，冷不丁地来了一句八竿子打不着的话："难怪，今天的男人也没有火气了。”这些都是百忙之中的极闲之笔，去掉它们并不影响文章的内容和立意，但是，它们的存在并非全无意义，这些闲笔调节了行文的语感和节奏，增加了文章的意趣和动感，同时还扩大了文章的叙述空间，使得文章有了透气感。真正会写文章的人都会巧妙地使用闲笔，它们不仅不会让读者感到累赘絮叨，而且还常常让人会心一笑。

《我的养生之道》之中的多篇，每一篇从题目到立意再到语言都在刻意逃避高昂的措辞。原来作者的养生之道不过是：想得开、让得人、受得气、舍得丢、坐得住、吃得杂。这些独善其身的小道理中其实包含着胸中有丘壑的大胸襟。这本是一组情绪高度个人化、带有独特而强大个人印记的文章，却由于与通透的人生哲理结合在一起，因而具有了普遍性意义，在某种程度上可以成为舍本逐末的现代人的生活指南。那组《虫、鸟、兽》八题是一个系列，等于从人类现代文明角度赋予那些虫鸟兽们以新的解说。明明是写臭虫，到头来却联想到了人，放言无忌，认为咬人者是臭虫显灵；写蟑螂，联想到的是公款消费的腐败者；写蚊子，竟联想到了打着堂皇旗号却做事下作的理论家们；虱子和老鼠，则与所谓革命时代和贫穷密不可分；由乌鸦的消失，联想到人类之爱鸟其实有着伪善的成分，对自然物种的取舍里带着傲慢与偏见；由狗鼻子的区别归纳鉴别功能，对那个特殊年代的阶级斗争观念进行了嘲弄；至于对于早年与牛马驴打交道的回忆，无疑是亲切的和带有喜剧性的……这一系列随笔里时时会闪现出像烟花一样的短暂的妄想，接下来在思绪的天空中又渐渐散去，细细品味，最后竟感觉它们其实就是真理。

至于那类忆旧性质的文章，可看成是对过往时光的命名和重新命名。《人生驿站》包括十三篇，作者叙写个人人生轨迹中那些让他难忘的片断，使读者对作者的经历有了一个轮廓式的了解。写这类文字很容易陷入自恋的窠臼。作者在这些文章里一往情深的叙述与抒情也是有的，但文字都相当简省，同时也因这简省而醒目起来。比如，作者在以模糊而懵懂的儿童印象写完飘摇在时代风雨中的那个家之后，最后这样总结了自己记忆中的这第一个家："细雨，青苔，一丛含羞草。"一个字都不肯多写，读来却如嚼橄榄，味道清淡而悠长。作者写到自己的种种经历时，还有一个特点，就是擅长在细节上进行自嘲和他嘲，这种敢于对自己进行趣味思想的自信也使得自恋倾向得以避免。最后要说的是，作者在回忆往事时，总喜欢把"今天"当成一个坐标系，用作参照，去理解那过去了的岁月，使那过去了的时间并不孤立，而是成为作者人生这条河流的上游。与今天相连，使得作者能够用今天的判断力对自己记忆中的人与事进行思考，并且使得它们在他当今的视线里得以复活。

就是这样，叶延滨将对事物的这种再认识或者说命名几乎贯穿到了他大多数随笔之中。这种命名大都是在没有功利目的、清闲自在的娓娓叙说之中展开的，最终把读者引向人性。

在命名的同时，叶延滨还做了一个废名者。废名，是对既定事物的解构或否定之举。当他对事物进行废名时，作者并不打算以他的文化随笔或生活随笔为武器去做一个社会改革家，造成风云变幻，引领时代潮流；他并不蓄意地去坚决主张什么或者坚定地批驳什么，在或许应该表达愤怒的时候，他也只是以貌似温婉的幽默来对客体进行解构。其实作者在这些文章里首先想要表达而且最终想表达的是他的审美志向与趣味，并且想进一步找出这些美学背后潜藏的含义，只是由于他自身的不可更改的价值观和思想倾向，因而水到渠成地、自然而然地导向了社会责任感。

这种废名之举则主要表现在对于人类现代文明、人之本质以及当下世态风俗的思考上。叶延滨的此类文章在保持幽默风趣、轻松顽皮之本色的同时，大都写得文人味较重，有时甚至还充满书生意气。对我们所处这个时代之病态的感受，在这类随笔里多有涉及。比如《动词职业》那一组七篇文章里，作者明哲善辩，指出当下“记者”一词极大地贬值，故建议将那倒批条者炒股票者拉广告者等冒牌货从记者队伍中剔除出去，只留下写稿传播信息者这一原始含义。对于“明星”一词，指出在当今时代并非像它的本义那样专指杰出人物和精英，其实不过已沦为消费时代市民们表达世俗愿望的一个载体而已。至于以屏幕上各式各样“演员”为代表的大众文化，其实正在阉割真正的文学精神。对于“教师”，我们这个社会竟然在这个奉献最多的人群前面，在这个无比美好的词语前面加上了“贫困”这个词。在这里“贫困”是动词，在这里是名词动用，而且还是使动用法，是“使教师贫困”之意。作者痛心地分析了造成这种状况的社会根源，认为这是一件让全民族感到羞愧的事情。对于“官员”一词，在中国这个词一向只要跟“忠”和“清”这两个最低标准连接起来，就算是一个好官员了。现在作者建议在这个词语前面加上“公式”一词，还是把名词当动词用，要求官员以一颗公心严格地对法律对条例负责。这个建议里面包含着理性和民主精神，同时对人们封建思想意识中的“官员”一词进行了颠覆。对“商人”和“总经理”之类当代最走红的词，作者指出当下商品社会中这些词语的泛滥成灾和假冒伪劣，同时揭示了它们秘密包装、过度精装的外表之下的空虚和败坏的实质。作者还有些悲观地发现，对于只活在今天的及时行乐的现实主义者们来说，代表理想、道义和预言的“先知”一词已经显得不合时宜，只能受到冷落，让位给低浅的通俗文化……凡此种种，这些文章都带着强烈正义倾向，都有着否定之意，无不是在对病态社会现象笼罩之下所扭曲了的某种事物进行废名。

这一类型的文章之中，最值得一提的是《TV 时代的文化景观》。在这篇分成十几节的万言长文里，除了纵横开阖的夹叙夹议，还杂糅进了精辟的学术分析，底子当然是学识积累。这长文若当成一般的消遣性随笔来阅读，稍显庄重；若当成一般学术论文来阅读，恐又显太过活泼了。作者以“电话”为例，指出相对电话交流的局部性、表浅性、匿名性，书信的“白纸黑字”更有一种托付感。他以电脑为例，认为将手写改成与电脑这台冷漠机器合作的“人机对话”状态，使写作心态也被动地发生了改变。谈到影像的泛滥，指出我们生活中充满幻影和替身，到处都在上演“真实的谎言”。至于电视的入侵，作者则不无讽刺地说：“有一口锅再有一台电视，就有了中国人基本的生活方式。”他还说：“真是全体人民都只读一页书——电视或电脑屏幕就足够了吗？”这篇长文重点写了现代高科技传媒对于人类生存方式带来的负面影响，对于传媒引导下这个世界日胜一日的平均化表示了担忧，提醒人们在一个流行克隆和复制的数字化时代物质主义时代，须警惕雷同的时尚和趣味对于独立精神和个体思想的吞没。作家在这篇长文里表现得很像一个二元论者，精神对物质的抗拒在这篇文章里几乎达到了顶峰，虽然态度仍算得上温文尔雅，未有将文字当投枪匕首之意，却也算得上知识分子气十足了，真可谓字字良知。读这篇长文也许会让人联想起日本诗人谷川俊太郎的诗《小鸟在天空消失的日子》里面的句子："自己在人群中消失的日子，/ 人彼此变得十分相似 / 自己在人群中消失的日子 / 人还在相信未来。"标准化和类型化正在导致个性的消亡，整齐划一的价值观和千篇一律的生活方式正在深入人心，最终将导致个人自由和个人智慧的丧失。这样的人类社会是不可能拥有真正的未来的。这篇长文跟这首诗异曲同工，关注的都是现代都市文明对人类的征服和异化，对人类正渐渐沦为自己的创造物的奴隶这一趋势深感不安。在这篇长文的结尾，作者将抵制模式化机械化等粗陋倾向的力量以及保存文化中细腻芬芳的任务，统统寄托在了读书和写作这两桩永不会消逝的人类最古老最本真的精神劳动上——这真算得上是坚实的选择，最为可靠的挽救方式和解决办法。这篇万言长文有直面当下人类困境的勇气，有心智清明的思考和判断，闪烁着理性主义的光芒。

无论是命名的能力还是废名的能力，当然最终都要来自一个人的认知力，而这种认知力在叶延滨随笔中具体表现为敏捷到了尖锐的辨识能力、独特到了孤立的感受能力，以及能够朝向直觉效果转化的学识。这种认知力不仅强大而且颇具原创性，作家好像要求自己对日常生活中一切司空见惯的事物根据自己的经验和记忆进行重新思索和定义,充满着智慧深度,在手法上不乏抒情或者反讽。因此，在阅读过程中，读者会感到，无论怎样增加思想的含金量，叶延滨的随笔都不是说教的，它们与教科书和宣传手册之类格格不入。读者还会情不自禁地想到，作者不愧是一个诗人，而且首先是一个诗人——甚至在那些认真反思当代社会现象和文化景观的文字里，"诗人"这两个字眼具有了它的最本质的含义。一个诗人就应该是这样的：以常人难以企及的敏感来预先感知这个世界的苦痛和荒诞，同时，用像头顶上的星辰一样的永恒道德和绝对真理来校正他所处的时代。

从根本上讲，在这些随笔中，无论命名还是废名，都是以人文主义为基础的。可以说，人文主义是所有这些随笔的地平线。为什么说叶延滨的随笔与人文主义相通？因为：（1）它们的思维是个人主义的而非集体主义的，这些文字一直试图通过对自我的认识而达到了解普遍人性的目的；（2）它们有着明亮的宽容和理性，而不是昏乱的狂热和盲目；（3）它们靠审美和感受力来建立起判断体系，并不提供任何教条和定理；（4）虽然以这些文章来改革社会并非作者的初衷或目的，但这些看似随心所欲的文字基本上都直接或间接地具有程度不同的批判性；（5）面对当代通俗文化的强势，作者钟情的依然是古典意义上的精英文化；（6）如何在这个极端物质化的疯狂时代，最大限度地保持住内在的自我，几乎是所有这些文章都在思索的重大问题；（7）这些文字坚毅、诚实，有着直面当代人类困境的勇气。

2009年10月

历史大事件的小注脚

侯德云的《李鸿章二题》,分为《刺杀李鸿章》和《马关枪声》,其实我倒愿意把这二题合起来看作一题。作家采用不同视角讲述了同一个故事，其实是把同一个故事讲了两遍。所以,“这两篇小说”也可以说成“这篇小说”。这种双重叙事角度或多重叙事角度，在现代小说里，运用得最好的当属福克纳。

展示一个历史事件，可以有多种方式或角度：历史学角度、政治学角度、大众媒介角度、学术理论分析角度、人性的角度……这篇写了两遍的小说，自然都是从人性角度来展现某个事件的，使用的都是小说笔法。

当年在日本马关，中日两国就甲午战争进行谈判，李鸿章以自己血染官服、险些丧命这个偶然事件换来了比预期结果要好很多的和谈，并使得赔款减少了一个亿，这可真是昂贵的和平。

小说中两个部分，分别登场了两个主人公，同时也分别代表了两个国家。代表日本的是小山丰太郎，一个浪人，一个狂热分子，一个思维混乱的爱国者和愤青，企图以个人之力来操纵历史车轮，他仇视中国，却自我讽刺般地在言谈举止中时时处处都渗透着中国文化的影响。代表清朝中国的是李鸿章，一个有着大国神气却在屡战屡败之下显得不免羸弱苟且的形象。然而，小山丰太郎突袭外国使臣李鸿章事件，却使得这场举世瞩目的谈判忽然变得吊诡起来，原本无比强硬的日方迫于国际舆论而不得不变得柔软了一些，原本软弱的清朝中国反而竟毫不费力地为自己争取到了一些意想不到的利益。

这几乎是蝴蝶效应兼多米诺骨牌效应。一个名不见经传的小人物之微小力量的介入，带动了整个动力系统的巨大连锁反应，以至引起了这个系统在整体上在大方向上的变动甚至逆转，而且使历史朝着与他的初始意愿完全相反的方向行进，并且拐了一个弯。当然，这个以匹夫之勇无意中帮了自己国家一个倒忙的普通人，因此也进入了史册。从这个角度来讲，这个螳臂当车的故事，确有效果，只不过恰恰与预期相反。历史有时候就是这么好玩。

作家侯德云并未在文本之中表示出自己对于这个历史事件的立场和态度。他未必没有立场和态度，只是他刻意隐藏起来了，读者从文字里一点儿也没有看到他的民族主义表情或者其他表情。作家在写到中方和日方的这两个代表性人物时，尽量让自己的情绪保持着一种平衡的反应，他对两者都没有批判，而是对双方都抱以同情的胸怀。

签订《马关条约》这样一个重大历史事件和国际事件，就这样被写成了一个被偶然因素所左右甚至所决定的好看的故事。的确，历史的必然性和绝对性里面常常挟带着一些这样那样的偶然性和或然性，历史常常还会依靠偶然性和或然性来决定其方向，使之带有明显的宿命色彩。

作家用颇多笔墨来写小山丰太郎去枪杀李鸿章之前的准备，包括最后的工作准备，也包括最后的精神准备，颇有“风萧萧兮易水寒，壮士一去兮不复返”之感，俨然是一个日本版的荆轲。作家在写这个人物时，用了一些影视的表现手法，写了一个有血有肉的人在决定“临行”或“临终”之前那一系列颇具浪漫色彩的细节：拜谒母亲墓地，冒着大雪背诵着诗句永诀父亲和兄妹，去照相馆购照片，买手枪练习射击，妓院最后求欢，踏上征程……其中涉及的对话则是极简极省决绝的："这种天气，不走不行吗？""不行。"

作家写李鸿章时，则重点着眼于在艰难的谈判过程中主人公的心理活动，那是息事宁人、得过且过以及因祸得福的心理，那心理真是既复杂又反讽。

侯德云这篇小说放在今天，当然可看作是精短的"历史小说"，而如果不追究其时效性或者将其时效性放得无比宽松，则大致可以看成是"新闻小说"或者"以新闻为小说"，似乎是依据一则一百多年前的报纸新闻写了这篇小说，或者依据当时的街谈巷议、道听途说而创作了这篇小说。作家将发生的时间精确到年月日以至具体时辰，还有确切地点、事件过程、原委、人物以及结局，新闻的要素五个 W（when、where、what、why、who）和一个 H（How），在短短的篇幅里全交代了。另外，虽然采用了方便心理描写的第一人称，但是由于其对于史实的刻意尊重而产生出来的客观效果却是如同使用了第三人称的。作家像记者那样采取了目击者的平静语调，跟对某个头条新闻的关注和述评一样，有着真实性和临场感。

然而，作家写的毕竟是小说。这里需要作家要有很强的转化能力。怎样将过期就扔的报纸上那昙花一现的新闻（哪怕是一百多年前的新闻，包括来自中国的和外国的新闻）转化成聚焦人类心灵与情感的小说，将新闻的能量转化成小说的能量，在纸页上永恒地固定下来，才是问题的关键。在《李鸿章二题》中，其着眼点并不在于这个原型事件的外在轮廓，而是对于事件背后的那个几乎不可控的偶然因素及其戏剧性结果进行了放大和再放大，力图没有遗漏地从不同人物视角展示出全部过程，以便重点描述和深入探究——这正是小说家异于新闻记者的独特趣味，最终还是要写那错综复杂的人间世。

对于涉及《马关条约》的浩瀚文献而言，这两个小说充其量只能算是一个小注脚，但却由于对客观历史大事件采取了幽微的人性视角而显得相当珍贵。——这是带着人类体温的一个注脚，使得这个冷硬的历史大事件在百余年后的今天，隔着时间之墙，竟可以触摸。

对于《马关条约》之签署，相信还有其他的类似小山刺杀李鸿章这样的小脚注。那么，在那些文献和这类注脚之间，究竟哪一个才更逼近事件的真相呢？

2019 年 7 月

戏剧人生或人生戏剧

中国第五届京剧节如火如荼地举办了，电影《梅兰芳》放映了，中国青年京剧大赛拉上帷幕了，陈少蔚反映现代京剧团传奇故事的长篇小说《粉墨女角》由作家出版社出版了。

《粉墨女角》是一部好看的小说。小说以某市京剧团为依托，写了三代京剧青衣的坎坷命运、戏里戏外的恩怨人生，写了她们的艺术创造力在现实生活中被催动、激励和迸发的过程，以及外部环境和戏剧表演本身对她们个人生活的影响与伤害。小说对于京剧团当下部分的描写更是意味深长。京剧随着观众的流失而日渐没落，剧团最终被没有文化不懂艺术的暴发户承包，从此高雅艺术沦为了金钱的奴隶，成了在市场经济中当街卖笑的角色，演员的个人命运也走上了歧路……

这是一部把人物命运放在大时代背景之下的小说。作者通过写三代青衣大同小异的境遇，写出了政治至上和金钱至上对艺术的伤害。京剧团最当红的青衣名角孙丽英的老师是被“政治”专制的时代逼死的，而孙丽英则是被“金钱”专制的时代害死的，小说似乎暗含了这样的思考：政治和金钱都是真艺术的敌人，后者的残酷并不亚于前者的惨烈。而宋海燕作为最新一代青衣，似乎还在为京剧艺术的发展苦苦地寻找着出路，前路漫漫，光明当然是有的，却也还是那样朦胧。

这是一部在外在的大致轮廓上貌似传统，而于内在意识和具体细节上却非常现代的小说。

京剧有着高度规范的程式，写发生在京剧团里的故事，作者在小说中不时自然而然地流露出来的京剧方面的专业知识令人惊讶。除了在字里行间处处流露着对京戏之细枝末节的熟稔之外，也许是为了让小说外在形式与所写到的京剧人的故事之间形成契合与押韵的效果，作者有意识地把这部小说的“外壳”也制作成了京剧范式，在表面上遵循了中国传统戏曲最常用的第三人称全知视角的线性叙事结构，以人为核心，以情为主旨，写人物运命，写悲欢离合，注重故事的完整性和情节的合理性，前后呼应，有头有尾，有着中和之美。甚至小说结尾也暗合了中国戏剧的特点，最后以大团圆结局了，每个人物都找到了属于自己的正确位置与合理归宿，尘埃落定。这部小说在塑造人物方面也因循着中国戏曲的特点，把人物放在情节的风口浪尖上去塑造，借机展示人物性格的多面性和复杂性。每个人物都是立体的“圆”形人物：即使庸俗霸道如孙丽英也有无比纯粹的一面，即使单纯透明如宋海燕也有世俗和算计的心思，即使在李慧娟这类以钩心斗角和迫害他人来换取自己前程的人身上也深藏着有待发现的良知。男女关系混乱的京剧团团长张胜春其实有着忠贞不渝的爱情记忆和纯真梦想，那个貌似现代派和个性张扬的研究生导演梁国栋身上的某个角落却暗藏了封建与腐朽。正义的文化局领导李志刚也有着私欲，而似乎十恶不赦的暴发户郎二虎身上那冥顽不化的淳朴和土气，以及偶然的善良举止也会让人怦然心动。

以上只是这部小说的“外壳”，而在它的内里，在它广大的角角落落之中，却分散着大量现代主义手法的具体运用。孙丽英之死，大段大段的对幻觉、错觉和潜意识的描写，使得这一章成为整部小说中最精彩的部分。从最高层楼上的窗口往下跳的时候，孙丽英不仅是自己整个死亡过程的亲历者，同时更是一个冷静的旁观者，像是一个人把自己的死津津有味地讲给大家听。这时一代青衣戏剧性的一生一边以蒙太奇手法闪回，一边加了旁白似的进行着反思。她从一个活着的人的角度去观赏自己从高空摔在水泥地上之后的样子，甚至还感知了自己灵魂出窍的全过程，眼睁睁地看着灵魂脱离了寄居过的那具悲苦的肉壳。在此悲剧式的自我揭露被推到了极端，与其说这些关于孙丽英之死的段落充满了血腥，倒不如说洋溢着芬芳。这芬芳结束了一个女艺人内心深层的孤独和痛苦，她裙裾飘飘，用优雅的自由落体运动结束了生命，对金钱时代的功利主义进行了最无奈也是最勇敢的抗议，捍卫了艺术的尊严。这部小说中对于象征手法的大量运用也是成功的，一个最明显的例子是，那座二十八层文化大厦顶上的旋转舞台本来是按逆时针方向设计的，象征时光倒流，让当代观众通过京戏看到过去时代的帝王将相才子佳人，而舞台后来被最新一代京剧人改造成了顺时针旋转，表达了要用京剧来表现当代生活、对传统戏曲进行现代性置换的设想。这种对国粹既保护又改良的愿望，在小说结尾也体现了出来。小说结尾用了戏中戏的方式。这部小说里出现过的所有人物和故事都被小说中的导演梁国栋写进了一个脚本并搬上了舞台。小说篇尾写到的这出京剧在表现形式上，把中国戏曲范式和西方后现代戏剧手法糅合在了一起。比如，启用生活原型来做剧中演员，在演出过程中穿插即兴发挥，与整部小说的情节相互融合并齐头并进。在这出于小说结尾演出的京剧里，剧中人物同时也都是这部小说中的人物，青衣宋海燕竟然在这场戏里一边演出，一边与现实中的亲生父母相认了。最有趣的是，在作为小说结尾的这出实验性京剧里，观众和演员、观众席和舞台可以互动互换，让观众从心理以至行为上参与到戏剧活动中去。这实际上是将那种观众处于消极被动状态的分体式结构的镜框式大型剧场改造成了观众能动地参与审美创造的一体式结构的小剧场，加之借喻、暗示、意象等手法的频繁运用，真的制造出了戏如人生、人生如戏的幻象……当然，除了好看的故事本身，这部长篇小说作者自己对于京剧改革的良苦用心及建设性构想由此也可窥见一斑了。

虽然小说是以大团圆结局，貌似美满，但是这部小说的内部却处处都存留着悲剧的元素，几乎每个人物的命运都是残缺的、遗憾的甚至是惨痛的。这就形成了一种类似反讽的效果。这部小说外在的和最终的喜剧形式与它内里无处不在的悲剧元素之间每时每刻都在相互进行着反讽，似乎隐隐约约指示着喧闹功利的背景环境与高尚纯正的艺术追求之间存在越来越大的不协调，而这种不协调将逼迫某种能够超越这个时代的英勇的力量得以产生。

这部小说的题目叫《粉墨女角》，如果去掉“女角”两个字，直接叫《粉墨》则更好了，会给读者留下更多想象空间，也更简洁，更大气。

2009 年 3 月

第三辑

文本内外

阳光爱我

我居住在这个城市最南端。这里属于泰山山系逶迤西延的余脉。出门见山，群山连绵。我出生的地方，离得不远，从地图上查看，直线距离挺近的，只是在这群山的更深处。无论我走出去多么远，哪怕绕到了地球的另一面，最终也还是又返回到了这个最初的位置，我自己也搞不清这是幸运还是遗憾。

为了改善不良身体状况，近五六年以来，我不停地在山间行走。大片大片的野山已经成了我家的后院。我一般是在下午三点左右出门，往山中去。有时约上一两个特别谈得来的朋友，而很多时候则是独自一人。刚进山时心中或许还有些许喧哗和烦扰，沿着蜿蜒的碎石小路越走越深，进入谷地，或者走在沙土质的盘山路上，那些石灰岩的褶皱山石，那些柏树、酸枣树、刺槐和青杨，那些灌木丛，那些开着小花的草本植物，当然还有野兔或者飞鸟，所有这一切都是原生态的，它们渐渐地开始与我进行交流，我身体里的内部语言越来越丰富，我与大自然万物之间形成了默契。于是我渐渐忘记了山外的那个世界，欣欣然起来。有时找一块大青石坐下来，看着对面的山峰发呆，可以持续到太阳落下。有一个夏日，我一个人坐在山石上，在几棵刺槐下面，手里拿着一本书，不小心睡着了，猛然醒来时，一阵神情恍惚，好不容易才弄明白自己身在何处，同时发现天色已晚，似有隐隐的雷声从天边传来，该下山了。我独自在山中待得最晚的一次，是 2015 年元宵节。冬天天黑得早，已经是晚上七点多了我才开始下山。那时天已经黑透了，又大又圆的月亮升起在黑黢黢的柏树林上方，它看上去很吉祥，照着我下山回家的路。整个连绵起伏的山里只有我一个人。我加快了脚步，沿着一条山沟走得飞快，甚至一溜小跑起来，我承认自己有些害怕了。

《南山记》系列组诗，断断续续地写了三年。我在这一大组诗里面一遍又一遍地写附近的那些山，像是在为一座座小山树碑立传。与过去作品相比，这些新作发生了静悄悄的变化，似乎生命的地平线一下子打开来了，并且很想进一步朝着这样的方向努力：让诗中空间由三维变成四维。这个结果或方向从何而来，我其实是知道的。人到中年，对于自己与这个世界之间的各种“平行关系”，不能说已经不再关注，但确实是关注得越来越少了，与此同时，对于某种“垂直关系”，关注得越来越多。

《小山坡》就是这个系列组诗中的一首：

下午三点钟，我仰卧在小山坡
阳光在我的上面，我的下面，我的左面，我的右面
我的前面，我的后面
阳光爱我

太阳开始偏西，我仰卧在小山坡
在我的上下左右前后，隔年的衰草柔软又干爽
这片冬末的茅草地如此欢喜
一个慵懒的人

我仰卧在山坡
坡度不大不小，刚好相当于内心的角度

比照某个诗句，把自己当成一只坛子
放在山东，放在一个山坡上

仰卧望天，清风、云朵、蓝天、喜鹊
一道喷气飞机拉出白色雾线
它们按姓氏笔画排列得那么有序
我还望见虚空，望见上帝坐在云端若隐若现

天已过午，人生过半
我独自静静地仰卧在郊外的茅草坡
一个失败者就这样被一座小山托举着
找到了幸福

这首诗写于2016年2月。那个时节，也许是春节前后吧，山里的草还是枯黄的。午后三点钟，阳光斜照到山坡上来，暖温带冬天的阳光那么好啊，温煦，清亮、淳朴、安静，从四面八方围绕着我，抚摸着我，让人在暖洋洋里产生出幸福感。我或坐，或卧，甚至索性像耍赖一样躺了下去。仰面朝天，从一个仰角去看天，像是看到时间正在悠悠地从那里走过，过去、现在、未来似乎一下子全都聚拢了过来，就在我头顶上。视野之中有枯树枝、高天流云、飞鸟、飞机拉线，还有一阵阵小风，还有更高处的存在，在那云天之上的……我忽然感到一种与世隔绝的美好与满足。我的生命被重新定义了，曾经看重的一些事物原来并不多么重要。我一个人待在山里，有静悄悄的喜悦。我似乎从来没有到这些山的外面去过，山外的一切仿佛是并不存在的虚构——我知道，山外的人正在过年。

这首诗里的汉字，有一个约略的特点，笔画都比较少，那种笔画繁复的汉字没有出现。这不是故意而为，出于性格方面的原因，我基本上一直都是这样的，随着年龄的增长，可能会越来越这样了吧。

我喜欢那个慵懒的自己，那个躺在小山坡上晒着淡淡阳光发呆的、冥想中的自己，而不喜欢忙忙碌碌的自己，只要被迫去“工作”，就立刻觉得了无生趣，只要一有压力，就顿感活得不耐烦。谁规定过人必须要一步一步地往上前进？谁规定过人的生活必得追求完美而不能留有缺憾，并且与自己身上无法消除的某根“刺”共存？谁规定过人必须奔向大家都向往的某个目的地而不能忽发奇想中途下车？我最喜欢的一篇安徒生的童话叫《老头子做事总不会错》，那里面“总是走下坡路，却总是很快乐”的那对老夫妇给我留下了深刻印象。一个人只有休息的时候，才是圆满的，只有这样的时刻，才会天、地、人、神相交通。

是的，《小山坡》这首诗里面谈到了“失败”这个话题，在这之前的2015年7月我已在另外一首诗《失败里有美好》中正面写过“失败”的主题。我所谈的“失败”，当然也并不排除外在的社会世俗意义方面的挫折——但是这只是很小很小的一个方面，占了极小的比例，小到几乎可以忽略不计吧。而在这个“失败”中，占了绝大比例的内容或者更为重要的含义，则是指来自个体生命内部的因素。这个“失败”指示着个体生命内部的感受与遭遇，比如，爱情上的背叛与无法挽回、生理上的病痛、对过往某段时光里非理性行为的悔恨，对于自我价值和生存意义的疑虑，以及所有这一切引发出来的对于“平行”世界的否定。也许有的读者将此诗理解成“放下”之后的释然，似乎并不错，却也不恰当。我想表达的何止是“放下”，而是彻底的放弃和完全的转向，这不是消极，而是积极，是价值观的重新确认以及再次出发。于是，这里的“失败”并不让人沮丧，反而有些可喜可贺了。所以，这首诗从头至尾都有一种欣欣然之感。

“阳光爱我”，无论我多么“失败”，它都爱我，这是最好的治愈。

“阳光爱我”，这是我最大的自信。

2018年8月

《木梳》的真相

不管我个人是否愿意，《木梳》都被当成了我的代表作。这世上本来没有代表作，被提及的次数多了或被选本选的次数多了，也便成了代表作。

这是江心洲组诗中的一首。此诗已经成为现代诗之古典情结的“病例”。事实上，我只是偶然不小心写了它。我本人的做派一点也不古典，我也从未提倡过在现代诗歌写作中融入中国古典——我对这类努力全无兴趣。

这首诗刚开始不叫《木梳》，具体叫什么，我忘记了，似乎是《去看你》之类吧。全诗写完之后，过了两天，又改成了《木梳》。

不必隐瞒，这首诗写的是一个恋爱中的女子千里迢迢去见那个她心仪的男子。至于那座东经118度、北纬32度的城究竟在哪里，写的是哪座城市，很多人都猜测，并且来问我，嗯，我不说，这不说的原因，我也不说。

这首诗中的细节，想象的成分至少占了百分之九十以上。除了“偏头疼”是真实客观存在的，是属于诗人自己的，诗里其他细节写的全是难以做到甚至与自己真实生活完全相反的另一种生活。我过着粗糙的生活，可是谁也不能否认我有向往精致和诗意的权利。

“我带上一把木梳去看你”，其实，我很少用木梳，我最常用的是出差从宾馆拿回来的那种轻便的一次性塑料梳子，甚至不用任何梳子，只是把手指头当成梳子的齿，在头发上划拉几下就算梳了头。诗中提到了碧螺春，其实我从来不喝茶，只喝咖啡，而且只喝不加糖不加奶的黑咖啡。诗里提到了糯米酒，其实我虽爱酒，却只喝干红,其他一概不碰。诗中提到丝绸扇子,其实我从未使用过丝绸扇子,而是吹电风扇和空调，偶尔也挥舞一下大蒲扇。诗里提到水墨山水，其实我从未喜欢过中国画，在所有绘画之中，我最爱的是油画。至于下棋，我更是一窍不通，只在小时候下过斗兽棋。至于“回到古代”，不过是随便想想，如果真能穿越回去，在那样男尊女卑的时代，不会有好日子过，唯盼生在大户人家且可女扮男装去上学，再遇上个梁山伯。诗中有“云鬓轻挽”的字眼，其实我本人是一个粗服乱头的人。有人认为我写了一个错别字，指出“云鬓轻挽”的“挽”应该写作“绾”，我不同意，依然坚持用“挽”——在我看来，“挽”的动作幅度更大，把头发弄得更高一些，效果当是把长发盘在了头顶上，而“绾”则是让头发编坠在后脑勺位置，比“挽”要矮得多。另外，“挽”比“绾”在感觉上更飞扬一些，语感上似乎也更高昂。

有一年——那是哪一年，我忘记了，反正那时候我还没有写出这首被人解读成古典情怀的《木梳》来呢——一家比较有影响的周刊想做一个关于对现代文明的态度的选题，想采访两个典型，一个是对现代文明全盘接受的典型，另一个是对现代文明全盘拒绝的典型。很不幸，他们把我列为那个拒绝现代文明的典型。我在电话里再三阻止记者上门采访，明确告诉他们我不是他们想象中的样子，来了会后悔的。可是人家死活不信，偏要跑到家里来实地考察，眼见为实，我只好屈服。那个记者进门后，从门厅到书房到卧室到厨房到阳台到卫生间，翻看了一个底朝天，看到我一个人用着三台电脑、一台打印机、两个空调、一台影碟机、两个电话，还有冰箱洗衣机微波炉咖啡壶热水器什么的，全都不缺，而书架上的书基本上全是外国书，他又委屈又生气地质问我：“你让我这期的文章怎么写？怎么写？怎么写啊？！”于是我觉得很对不起他。

为什么是“断了仕途”的官人？我不知道。我写的时候，没有任何现实依据，而只是脑袋里莫名其妙就冒出了这么一个词组。根据自己事后诸葛亮的分析，在我潜意识里大约觉得，在中国文化中，男人被要求功成名就，这使得他们中的大多数身上的社会性远远大于人性，而只有在主动或被动地从社会中心走向社会边缘之后，身上的人性光芒才会更多地散发出来，才更有可能是一个真正可爱的人。

这首诗被无数次选载。转载时，有时弄丢一个句子，有时添字，有时漏字，有时被无端地分成几个自然段，结果是语感被破坏。去百度搜一下，有人拿此诗去做了淘宝店的广告，有的将里面的句子不加引号直接窃为己有，放到自己的文章里去，还有的把里面句子当了自己 QQ 的封面语……

这首诗被朗诵了无数次，每一次都是柔情似水深情款款。还被谱上曲子演唱过，也是身穿中式古装的女子弹着琵琶咿咿呀呀。我每次在表示感谢的同时，心里都充满遗憾。其实不应该仅仅从意象特征来判断一首诗，而更应该注重一首诗里的情感和经验的表达方式，其语感、节奏、旋律也属于诗歌内容的一部分。这首诗的基调豪迈，它的节奏是快速的、轻捷的、明亮的，还像诗中所提及的，是“年少轻狂”的，其实类似杜甫的“白日放歌须纵酒，青春做伴好还乡”。而诗里面的那个抒情主人公呢，那个借用了古典意象在脑海里虚构了一场难以企及的诗意生活的女子，分明是一个风风火火、爽脆斩截、义无反顾、落拓不羁的北方女子！

如果一定要借用“婉约派”和“豪放派”这个并不科学的二分法来划分此诗，那么，此诗当属豪放派无疑。如果为此诗谱上曲子来唱诗，那么，试着把它谱成一首轻型摇滚歌曲当是可以的。

写了上面这些，并非为了故意颠覆大众对此诗的理解，而只是实话实说，说出憋了很久的心里话。

2019 年 5 月

生活服务于诗歌

——一个获奖感言

很高兴获得这个以中国最长的河流之别称来命名的诗歌奖。

“流水青山送六朝”“逝者如斯夫”“问君能有几多愁？恰似一江春水向东流”“无边落木萧萧下，不尽长江滚滚来”……没有什么比一条江水更能昭示时间正在消失。水是时间的具象，时间是水的知觉。离最初在学生宿舍里写下第一首分行的文字已经过去了许多年，时光流逝了，我没有移动，还在一行一行地写着——它们仿佛是水的时间留下来的有波纹和渍印的线条。绝大多数事物在时间里都会感到自卑，而一首好的诗歌应该不会，好的诗歌大于将它写出来的那个诗人。

这是短而局限的人生。

常常对日常生存环境中的繁文缛节感到厌倦，对高科技强化的模板和最大公约数感到沮丧，总是想方设法地规避和逃离，接下来用诗歌这种简单而古老的方式，直接或间接地宣布：那种被限定在机器里、被框定在表格里的现代文明生活是不真实的，那种从科学主义走向事务主义最终走向丛林自然主义的生活是残酷的。依靠诗歌写作这个过程，至少可以起到消炎止痛的作用，帮助从存在的苦闷、焦虑、无助与虚无之中寻找哪怕暂时的出路，简化琐屑的现实生活，使之变得可以忍受，甚而至于生活得更多，更有意味。

除此之外，还有各式各样的恐惧如影随形。对人群的恐惧、对弱势性别境遇带来的恐惧、对时光飞逝的恐惧、对衰老疾病的恐惧、对死亡的恐惧、对腐朽和消失的恐惧、对未知和不确定的恐惧、对末日审判的恐惧……人到中年，这些原本就有的恐惧又被加了下划线和标上了着重符号，被强调和放大。诗歌写作面对这些恐惧，即使无法抵挡，也可以在某种程度上进行操练和超越，当这些恐惧与诗歌相遇时，还有转化成为快感和尊严的可能。

目不转睛地直视所有这些困境，全身陷入无法自拔，从而放弃挣扎坐以待毙，在忍耐或曰苦熬之中，又让人产生出一种内在的隐秘的激情。所以，这些厌倦、沮丧和恐惧又是充满了激情的厌倦，充满了激情的沮丧，充满了激情的恐惧。生存与诗歌之间就这样产生出一种奇妙的张力来，甚至在无意之中在不知不觉之中，生存竟仿佛成了诗歌的策略。我原先认为诗歌是服务于生活的，是生活的副产品，近年来竟转变成了：生活服务于诗歌。

相比从事其他行业的人，诗人更依赖神经系统来存活。长期的诗歌写作，毫无疑问会使得一个人身上的"个体性"越来越强，与此同时"群体性"越来越弱，面对群体性，这种个体性本身会感到不安。我能清楚地意识到自己身上本来就不多的社会化正在日益减弱下去。如同一个原本向着广场中心方向行进的人，走着走着，不知不觉地却走到了道路的边缘，脱轨或者中途下车，最终竟独自去了一座孤岛。于是，人生浮现出一种无以名状的寂静，旷野的寂静。我欢迎这寂静，只要存着长久的温柔安静的心，这寂静里的力量就会来到我的身上，让一个重度社交恐惧症患者和轻度 PTSD（创伤后应激障碍）患者找到自信，进入另一个体系之中，在更高的光芒之中感到自由。

作为一个整体生活目标不甚清晰又精神恍惚且自我怀疑的人，无论在家里，在办公室，还是在路上，我基本上都是在做着同样一件事：发呆。发呆是我的日常。发呆，是世界上最美好的事业，它的产量也是富饶的。每一首诗其实都是发呆的结果，都是灵魂无所事事四处游荡的结果——这听上去有点像是为懒散寻找借口，但实际情形就是如此——反过来，倘若被要求像蒸汽机火车头那样昂扬而亢奋地活着，诗歌就会悄悄地远离。

从个人经验出发写出人类之公共性，将强烈的区域色调与无意识的普遍性相结合，通过直觉获取真理，尝试写出一些更艰难的事物。这是我中年之后诗歌写作的大致方向。凭借莫须有的才华，不知道能够到达这个方向的哪个刻度——唯愿时间的江水流得缓慢一些吧。

说了上面这么多的话，其实都不如引用一位优秀诗人曾经说过的一句话来表达和总结思路显得更有力量："诗人的任务是把诗写好。"

感谢《扬子江诗刊》，感谢评委把这个奖授予我，以及我的孤单。

2019 年 5 月

离末日还有一星期

请允许我先来掉一下书袋，虽然这不是一个好习惯。

W·H·奥登曾经有过这样的表示，诗人的社会地位在机器文化时代之所以变得怪诞，是由于诗人写诗就像挖沟人挖沟渠一样属于一种需要自己来完成的动手的工作，它跟电影、电视和收音机等大众娱乐的机器化的生产方式完全不同，二者没有可比性，甚至在本质特征上或许有着某种不兼容性。当诗歌稍稍跟机器接触，就会使得词语变成没有生命的词语。在这样的时代，诗人嫉妒的不是富人和权贵，而是科学家和医生，当一个诗人混在一群科学家之中，感觉像一个助理牧师走进了公爵云集的客厅。

马歇尔·麦克卢汉的观点是这样的：手稿时代使得人们习惯于博闻强记和在聚会时高声朗诵，而印刷术的同一性和可重复性使得人们养成了独处和默读的习惯，同时也造成了各种分离现象，其中就包括了诗与歌的分离。诗可以私下吟哦，而不必带上旋律曲调让人听见，同时，乐器可以单独弹奏，而不必伴以诗歌。而到了电子媒介时代，又一次发生了巨大转变，电子媒介是人的中枢神经系统的延伸，使得印刷时代的那种仅重视觉的专门化的割裂的线形思维得以整合，使人成为具有整体思维的人，文字型的人变成图像型的人，在这个过程中，人成为更高层次的全面发展的人。

去京城的路途上，我的脑袋里同时携带着这样两段云里雾里的书中话，觉得它们都很正确，都十分有理，而它们略显矛盾之处，只是由于奥登是站在写作主体的位置上发言，而麦克卢汉则是站在受众的立场上考虑的。

2012 年 12 月 14 日—12 月 16 日，在北京 798 艺术区一个叫“玫瑰之名”的地方参加《诗探索》杂志的一个活动：“打开窗户——新诗探索四十年。”这时离玛雅人预言的世界末日来临只有一个星期了。整个世界灰蒙蒙冷飕飕，飘着雪花，我盯着天空看了很久，想探知一丝消息，但是天空不肯告诉我答案。

三天里，走马灯一样的各式各样的与诗歌相关的节目围绕着“玫瑰之名”这座高大厂房展开。斑驳砖墙上有“抓革命，促生产”的模糊字迹，收集来的数不清的老式木窗可以随时升降，悬在舞台前方，一只前工业社会的粗大烟囱隐约显现。当一位穿绿色军大衣的老者将载着热腾腾的烤地瓜炉子的三轮车缓缓推进来，一辆 20 世纪 70 年代的双人摩托车呼隆隆尘土飞扬地驶进来，我仿佛一下子返回到在省城郊区的工厂附近拎着小铁桶捡煤渣的幼年。那时我走路还不太稳，对于煤核，我不捡大的，专捡小的，越小的越喜欢，等到把满满一小桶很小很小的煤核提回家时，我妈妈哭笑不得。中国当代诗歌的窗户就是从那个时候开始，慢慢地一扇一扇地打开来的吗？

印象比较深刻的，其中有几个先锋实验诗剧的片断被连缀在了一起。在我的理解中，它们也许是根据一首或几首诗歌的文本改编的，或许原本就是以诗歌形式写成的剧本。舞台道具十分简洁，充分利用着西方音乐、欧化舞蹈、哑剧肢体语言，以及声光影电的传媒方式，与此同时，中间亦可直接出现传统意义上的诗朗诵。这一切手段的“共和”，是为了展现中国当代人的生存状态。在这里诗歌意蕴被最大限度、最多角度、最多层次地呈现出来，通感在这里不再是修辞，而是实实在在的生理和心理反应。观众置身现场，感到自己也是这些诗剧的一部分。我在这些诗剧里感受到了这样的弦外之音：艺术是自由的，诗歌是自由的，而且真正的自由是从来不穿国服和制服的。

“新女性读诗会”上，那个表演沙画的女子，立于场外一角，伸出雪白细长的手臂当场在沙上作画。整个作画过程又被投影在舞台中央巨大的墙壁背景上。无论繁与简，她都能几笔勾勒而成且无须修缮。每每还没有画完呢，我就能根据她画的大致内容猜测出她画的是哪个女诗人的哪一首诗。她刚一作画完毕，报幕员就报出了与这沙画相对应的接下来要朗诵的诗的题目和作者。我果然能猜中十之八九。

我愿意把鲁迅的《狂人日记》也看成诗。这样的诗性小说，其内核比很多诗歌更接近诗。《狂人日记》在这里被排演成了后现代话剧。舞台无比荒凉，只有一堵又一堵以红砖垒起来的不高不矮的墙头。狂人穿着破棉袄，瑟缩着身子走来走去。一群演员坐在墙头上，陆续朗读全文，眼神生猛怪异，气氛紧张。电吉他手以旁白身份坐在一边，偶尔穿插进来，一遍又一遍地弹唱：“我翻开历史一查，这历史没有年代，歪歪斜斜的每页上都写着‘仁义道德’四个字。我横竖睡不着，仔细看了半夜，才从字缝里看出字来，满本都写着两个字是‘吃人’，‘吃人’‘吃人’……”每当这时，我的眼泪就控制不住地往外涌。导演和演员的心中该有多少足以能够“出”诗人的愤怒！剧终时，墙上投影出一个十分模糊的人头攒动的当代画面，我愣怔在那里，遂回想起这年秋天在深圳“第一朗读者”现场的情景。音乐人把我的那首短诗《火车站》改编成了摇滚，边弹边唱，电吉他和电子琴一起模拟着列车进站的轰轰隆隆、汽笛长鸣以及行李箱轮子在水泥地板上滚动的喧哗，使得一首原本静止的诗最大限度地运动了起来。诗似乎从纸页上站起来了，机械文字变成了有机画面，序列性空间变成了共时性空间，自我表现变成了群体共鸣，诗里的命运感被渲染得比文字本身表达出来的还要淋漓尽致。

如果世界末日不来，我还得继续给学生上课，现在这些节目对于诗歌教学方式倒是很有启发。那种传统的布道式的讲解固然也是很有必要的，但如果能结合其他多种形式的艺术表现手法，让诗歌像在“玫瑰之名”里这样活灵活现地表演起来活动起来，增加现场感和参与机会，课堂效果当然会更佳。联系前面奥登所言，对于诗人、对于纯粹的诗歌写作来讲，数字化手段的掺入很可能会损害词语的生命力，会使得诗人们的写作趋向平均值，最终是有害的。然而，对于一般的普通受众来说，怎样让诗歌跟他们更亲近，显然才是最重要的，这时候我们也许应该对麦克卢汉点头了，这些数字化手段对于让诗歌走向或渗透进更广阔的社会空间，无疑是相当有力的。所以，奥登和麦克卢汉的观点并不矛盾。

“如果世界末日果真要来，只剩下了二十四小时，你准备做什么？”一天吃晚饭时我问道。我先说自己要变卖房产做盘缠，去南极看企鹅，我喜欢企鹅穿着燕尾服走路的样子。在场的李寒先生说：“我哪儿也不去，要待在家里继续翻译阿赫玛托娃，把长诗《安魂曲》再校订一遍。”他比维克多·雨果还固执。雨果曾用反证法证明，只要人类存在，诗歌就不会消亡。李寒则想用个人实际行动证明，人在诗在，甚至即使人类不存在了，诗歌也不能消亡。我于是想起记不得在哪里读到过的一句话了：“八点钟上绞刑架，七点半还在下棋。”嗯，这才叫风度翩翩。我思忖良久，忽然想到，会不会还有另外一种可能呢？世界末日真的来了，人类和人类文明灰飞烟灭了，诗歌当然也没有了。其实这也并不可怕，因为上帝自有办法，他也许会重新缔造出一个伊甸园来，让亚当和夏娃在那里再次相遇，人类又繁衍生息，人类文明再次肇始新的一轮。于是，还会从早期人类的劳动号子即“杭育杭育”开始，产生出诗歌来，还会有屈原、李白、杜甫，还会有阿赫玛托娃们帕斯捷尔纳克们，还会有惠特曼狄金森艾略特奥登帕斯希尼米沃什策兰，还会有《尝试集》、九叶诗派、白洋淀诗群、朦胧诗、第三代……还会有勇者为中国当代诗歌把窗户一扇一扇地打开来。

一群叫“诗人”的人们，在传说中的世界末日就要来临之际，在北国飘雪的天空下，与诗歌在一起。我是其中一个，是热爱诗歌却还不够忠诚的那一个。诗可以读，可以诵，可以念，可以吟，可以讲，可以书，可以演，可以唱，可以舞，可以画，可以弹，可以映，可以播，可以译，可以辩，可以评，可以展，可以忆，可以赠，可以传，可以……

当然，后来事实证明，玛雅人预言的世界末日并没有来临。据说在这数字时代之后，人类将进入所谓光子时代了。而诗歌，这跟人类一起继续存在下去的诗歌，接下来将如何演绎它自己呢？

2013 年 1 月

和蔼若朋友然

有一个久闻吴思敬先生大名而未曾谋其面未曾观其照片的朋友，有一次忽然向我问起他长什么模样。我愣住了，一下子不知如何描述，竟脱口而出："长得特别吴思敬。"不知为什么，吴思敬，这三个端庄的四四方方的汉字，其读音其形状其情态其内涵，在我看来恰好可以用来描述吴思敬先生的外貌与品格。

还是称他为吴老师吧——不仅因为他的社会身份是教师，更因为在中国诗坛，能让人不是出于礼节和年龄而是完全出于心甘情愿称之为老师的人并不多。印象中，吴老师永远都笑眯眯的，就是在很严肃的时候，也似乎随时准备笑眯眯起来，把眼睛拉成两条缝，那时的瞳神是特别幽清的。方脸，肤色偏白，头发软软地覆在宽大额头上方的脑袋上，嘴巴偏大，轮廓柔和。总之他的相貌过于慈善和光明了，不够先锋，不够黑暗。吴老师走路时总是身体前倾，步履坚定，速度偏快，好像前面等待着他的永远都是讲台，他正奔赴而去。总之他是那种身材并不伟岸却有着浩大之气的人，就连我这种有着严重社交恐惧症的人，每每见到他，便觉温暖、信任和放心，不知不觉就省略了任何虚礼。

第一次见到吴老师是在 2005 年 9 月下旬。我像五四青年一样去了北京，到首都师范大学中国诗歌研究中心做驻校诗人，为期一年。

如果我没有记错的话，那天是9月23日黄昏，我和韩国留学生金慈恩按照事先约好的时间一起去了吴老师家，商量第二天的驻校诗人入校仪式事宜。我坐在沙发上，吴老师坐在对面，问了我一些基本情况。他问到我父母是做什么的，当知道我父母在同一个学院工作，还特别问了我母亲是教师还是普通职工。接下来问我祖父是做什么的，我告诉吴老师，我爷爷当过小学校长，还在《渤海日报》做过记者，后来被开除公职，回到乡下，拾粪。我记得吴老师表示知晓我提到的那个现已不存在的老报纸。我一向极怕见陌生人，但见吴老师“绝无傲态，和蔼若朋友然”，非但不怕，而且还觉得像是见到了久违的亲人，竟露出话痨本色，开始痛诉革命家史了。接下来提到爷爷是因为政治原因被革职的，成了一个当时经常在报上发表文章的拾粪老头儿，后来平反，补了一大笔钱。大约当时我的情绪过于舒展了，神经过于放松了，竟至放肆起来，把话说卯了，说出了辱没先人的话：“我爷爷被革职的原因，其实还有另外一个版本，说是生活作风问题……”我最后这句话真是画蛇添足，说出来还不到一秒钟，立刻就后悔了。吴老师表情波澜不惊，亦不回应，善解人意地装作并没有听见我的蠢话。在提到拟写第二天大屏幕上使用的我的个人简历的时候，吴老师主动提议：“女孩子嘛，就不要写年龄了。”我说“嗯。”那天晚上，我、金慈恩、吴老师，还有那眼神亮晶晶并有着小孩子般无辜表情的师母，四人一起在首师大旁边的湖北餐馆吃了晚饭。那里的粉蒸肉很好吃，我暗暗记住了。

驻校期间，我在首师大待的时间其实很少，因为家中出了人命案子，父亲离世，我回家打官司打了半年。这个事件至今还在影响着我，我全部的人生观和价值观都受到摇撼，生命就此拐弯。我记得吴老师在电话里的声音和在电子邮件中的字迹都是清晰的和坚定的：“要相信现代医学。”“要相信法律。”这些都对我当时紊乱的精神状态起到了一定的镇静作用。回到首师大以后，坐在吴老师家沙发上，一提起父亲的事，我就哭了，吴老师从旁边的餐巾纸盒里拎出两张纸巾，从茶几上方递了过来，始终默默的，不说话。

驻校期间我还去了趟美国。走之前，记得那天晚上去告别时，跟吴老师和师母一起吃饭，吴老师提醒我去后应该参观的一些地方，特别提到应该到纽约曼哈顿百老汇去看一场歌剧，当然反复嘱咐的是注意安全。最后，吴老师一改往日抑扬顿挫的语调，表情漫不经心且语气轻缓地说了一句："你要按时回来，你还得写诗。"由此看来，当时吴老师对我这次远行还是心存一丝疑虑的，认为我不无叛逃、不无一去不复返的可能，但他没用"祖国"和"人民"来加以要挟，而是以"诗歌"来加以要挟，这是颇具吴老师特色的叮嘱，足见诗歌这种东西在吴老师心目中的伟大地位，也可以约略看出吴老师对于我的诗歌写作还是看重的，似乎他比我自己对它还要看重。恰恰是他轻轻地说出来的这句话，让我有了沉甸甸之感，对于个人命运前程中的一些想入非非之念有所收敛了。饭后回宿舍时，吴老师和师母坚持要帮我拎着我为这次远行而买的大行李包将我送到我住的楼底下。那是一个春风沉醉的晚上，刚刚失去亲人的我，因即将平生第一次独自飞往大洋彼岸而心情紧张的我，走在这样两个心地良善的人身边，忽然有了安全感。

我的皮肤被地球那边那个国家的明亮太阳晒成了棕色。回来后直接去厦门开会，在电梯里他们都说我晒黑了，竟像印第安人了。吴老师在旁边说："我觉得这样很好，健康。"过了一阵子，我在电子邮件里对吴老师说："我现在添了一个病症，言必称美国。这可咋办？"吴老师回信时说："言必称美国，不丢人。"

吴老师给学生上课，有时一次课会长达三个小时，经常进行自由的课堂讨论，但内容的密度和强度都较大，节奏紧张，必须得集中精力，让大脑处于亢奋状态才可以，像我这样感性远远大于逻辑思维的人，上完课后往往会感到有一些头昏。有一次在课上，话题涉及徐志摩，我信口开河："徐志摩主要不是靠他的诗，而是靠制造恋爱事件进入文学史的。"吴老师郑重其事地反驳我："路也，我不同意你的观点。”我固执己见，接着又说了一大堆更不着调的话，吴老师以愈加凝重愈加不容置疑的语气反驳：“路也，我不同意你的观点。”我知道，看似温柔敦厚的吴老师，在学术问题上，从来都不是一个好好先生。那天课后，我对吴老师说：“你的血型一定是 O 型。”吴老师承认了。

有一次私下场合聊天，吴老师自己主动谈起了一篇网上漫骂他的文章，他一边背诵里面的句子，一边笑得前仰后合。那是一种爽朗的、温暖的、开心的、毫无芥蒂的笑声，竟给人一种错觉：他似乎正在用这样的笑声对那篇谩骂自己的文章进行高度赞美。我忽然想，要是那写文章的人知道了吴老师此时此刻的态度，该多么失望啊，肯定战斗力锐减。

受在首师大驻校的某些影响，我把正准备写的硕士论文改变了选题，决定写白洋淀诗群了。后来我把写好的五万字的《白洋淀诗群的文化地理学考察》第一时间发给吴老师看，吴老师在提出修改意见的同时，不吝褒扬之辞，使我甚为得意，竟一时产生了此生或可做做学问的幻觉。

结束驻校诗人生活，回到济南。某年中秋节，我因什么事给吴老师去了一封 E-mail，结尾傻不愣登地写了一句话：“送你和师母一只大月饼。”当然没有月饼之实物，甚至连月饼之电子图片也没有，画饼充饥都是不可能的了。吴老师很快回复了：“路也：你好！月饼收到，谢谢。祝中秋节快乐！思敬。”信短短的，却是严格按照书信标准格式来写的，划分了自然段，布局在屏幕上。我读着就笑起来，觉得佯装收到月饼的吴老师很可爱。

有一次因为我的某项个人生存事宜，吴老师给我的一个同事写了一封长信，其中有这样的句子：“路也较为清高，不太会处事……你帮帮她吧。”读到这里，我的眼泪哗地流了下来。以后每当想起这句话，眼泪还是想往外涌。

吴老师的 E-mail 上发送时间大都标识出在深夜或凌晨，看来吴老师是习惯夜间工作的。

2008年秋天在济南开现当代文学年会，吴老师主持会议。会后我和一个同事一起陪吴老师爬千佛山。我稍稍流露了出国留学的念头，吴老师表示反对，列举了两条理由之后，又补充了一句："你以为你现在十八岁么？"从山上下来时天色已晚，要赶到一个酒店去吃饭，却怎么也找不到空的出租车了，公交车也不顺路，于是决定步行去。我和吴老师在交通高峰时分的街市，并排走在窄窄的人行道上，我走路很快，慌慌张张，吴老师走路也很快，健步如飞，两个人这样走路，俨然在竞走了。吴老师很有绅士风度地让我走在人行道的里面，他则走在人行道的外面，即紧挨着车道的那一边。当然一边走一边还在大声交谈，因为市声鼎沸，只能提高嗓音说话，就这样不知不觉地把不短的路程走完了。我记得那天吴老师看似没来由地评论道："路也是多血质的。"

2010年暮春时节在白洋淀诗会上又遇吴老师。在中巴车上，他对我说："你以后不要再写小说了，只写诗。"我没有问为什么，只点点头。我知道他的提醒是无比善意的，是出于对我的写作的全盘考虑和实际关心。我甚至可以为这个建议列出一大堆理由来，其中包括我个人的、时代的以及文体本身的诸多因素，如果一条条列出来，想必吴老师也都是同意的。那次在白洋淀乡下小酒馆里，许多人一起吃午饭，我和师母提前吃完走出去了，在开着榆花的五月，在乡间土路上，已经走出去很远了，师母忽然想到忘了跟吴老师打声招呼就这么溜了，担心他会寻找自己，于是派我跑回去替她告假。我去说了，吴老师稳重地点点头，允了，我就又跑回到乡间土路上来，师母立刻像个小孩子一样笑呵呵地快活地向前走去——为什么她可以将少女时代的纯真表情永远保持下来？除了天性，我想，另外，也跟吴老师不无关系吧。

我住房面积狭窄，实在没有条件保存太多杂志，而《诗探索》凡是到手的，却每本都保存着，这其中包括在首师大驻校时期吴老师赠送给我的大批的旧刊，被我从北京千里迢迢地驮了回来，也包括后来陆陆续续寄赠的改版后的新刊。每当看到《诗探索》那设计得沉静、温厚、文雅、坚毅的封面，恍惚之间，就如同望见了吴老师的脸，那张将男性的威严与女性的慈和结合在一起的脸。

2011 年 9 月

访谈：郊区激情之旅

时间：2015年10月

提问：周新民（湖北大学教授）

回答：路也

（注：本访谈应《芳草》杂志之约）

周新民：路也老师好！我印象中，你是20世纪80年代末期开始从事诗歌创作，此时，诗歌已经不像80年代初期那样光辉灿烂，也是文学渐渐失去读者的时代。你还记得你当初开始写诗最初的冲动是什么？

路也：我真正的文学创作开始于大学校园。也许勉勉强强还算是赶上了一个80年代的尾巴。我上大学时，其实这个国家的人已经不怎么热爱文学了，文学气氛相对已经式微得多了，虽然还算不上惨淡。我从来没有参加过大学里的文学社或者诗社，更没有创办校园文学刊物的经历，甚至也没怎么在校园刊物上发表过东西，同龄人之间亦无文学交流，基本上是独来独往，像个地下工作者。前几天，看一个老同学的博客，她与我当年同校同系同专业同年级同班，里面使劲回忆当年的生活细节，我很惊讶，别人的大学生活竟是那样过来的，与我的迥然不同，毫无相似之处！同学们大约知道我在写作，但对我写了些什么，并不感兴趣，我也不想拿给别人看。唯一让我感念的是，发表在正式刊物上的作品到了学期末可以转化成学分，加很多分，这对我这个懒得去上课的学生是一大福音。从大学三年级下学期开始，我基本上没用过父母的钱，我可以花稿费。

我怎么写起诗来的？如今回忆一下，最早的最直接的动力可能是由于青春期的缘故，那个年龄满脑袋胡思乱想，有许多莫名的东西需要表达，尚无恋爱可谈，功课也不紧，闲得难受，于是就写了很多小说、散文、诗歌，也发表了一些，但后来才发现对于我，最好的表达方式其实是诗歌，这大约跟天性有关吧。我记得自己那时候的样子，神情恍惚，不知道自己要什么，看不清未来，而同龄人看上去似乎都还算是坚定的样子，知道自己要什么，知道生活大致方向，我羡慕别人，想变成别人那样却无论如何也变不成。大家在教室里上课的时候，我在图书馆看书，看些似乎无用的书，跟考试完全无关的书；或者某一天我突然去上课了，老师在讲台上讲课，我坐在下面记笔记，往往记着记着就走了神，在那课堂笔记本上写起诗来，我基本上就是这样混过来的。

我写作，只是因为我生来就要写作——这样说，口气有点儿吓人，但我实在想不出其他的最初走上诗歌写作道路的原因了。伊莎多拉·邓肯在她的传记里写道："如果有人问我是什么时候开始跳舞的，我就要回答：'在娘胎里就开始了……'"在这里我想东施效颦地回答："我从娘胎里就开始写诗了。"其实任何一个诗人在提笔写下那些分行的文字之前，甚至可以追溯到很久很久以前，他（她）就已经在心灵中写诗了，他（她）整个的神经系统早就处于一种诗的状态，只是等待着某个特定时刻的来临（这个时刻还谈不上辉煌），让母语把那些贮藏了很久的诗从他（她）的身体里掏出来，晾晒在阳光下——所以在用笔写诗之前应该还有一个真正的"开始"，它比"处女作"要重要得多。

周新民：我也是80年代末期在学校偷偷地做着诗人梦，由于天分的原因，诗人梦最终流产。难能可贵的是，这么多年你一直坚持下来了，并且创作了这么多优秀诗歌。我想知道，迄今为止你的诗歌创作历程大概可以划分为几个阶段？

路也：我的坚持，看上去更像是懒惰，懒得做任何事务，天天在闲暇里做着白日梦，偶尔写上那么几行叫作诗的东西，姥姥不亲舅舅不爱的文字，就这么晕晕乎乎的，许多年就过去了，中年已至。

我的诗歌创作划分为几个阶段？我自己稀里糊涂地一路写过来，没有想过自己走的路途分几个阶段，在哪里拐过弯。

当然约略还是可以看出“阶段”来的。那么，让我现在想一下吧，给自己的诗歌之路划分一下阶段。第一阶段，应该是20世纪90年代初至2003年，这一时期我的写作大致处于自发阶段，凭着性情和冲动而写，毫无疑问属于青春期写作。第二阶段，时间应该是2003年至2010年，有了写作的自觉意识。在这阶段的2004年，写了“江心洲”系列组诗和近百首短诗，2006至2010年写了“美利坚”组诗，是西方文化经验给予我的灵感。第三阶段应该是2011年至2015年吧，这一阶段主要以长诗写作为主，写了《心脏内科》《木渎镇》《兰花草》《老城赋》《T.S.艾略特的声音》《城南哀歌》《随园》等长诗，想用长诗来整合碎片式的个人经验。第四阶段，是最新的一个阶段，现阶段。我想，应该是从2015年开始吧，我又回归短诗写作，这一年写出了收到组诗《南山记》里去的一些短诗，这些诗与大自然和个人信仰有关。

周新民：虽然你现在又开始写短诗了，我想肯定和你所言的第二个阶段的短诗创作有所不同。按照你的说法是和你的个人信仰有关。近些年你的个人信仰又发生了哪些变化？

路也：2015年从年初一直写到夏天的这些短诗，都与我家附近的山有关，像是在为一座山树碑立传。这是我在山中行走的结果。

我先天性低血压，所以日日在山里狂走。名为《南山记》的这组诗跟从前的诗相比，意境发生了悄悄的变化，具体怎样变化，我自己也说不太清楚，只是感到跟从前的诗相比，似乎生命的地平线一下子完全打开来了，同时发现原来万事万物中都还蕴藏着那么多我不知道的神奇之处。我不知道自己的判断是否准确。这并不是我有意识去追求的结果，但这个结果还是自己发生了。这跟个人信仰有关吗？也许。

关于个人信仰的具体过程和意义说来话长，而且这件事情重大，是人生中最大的事件，我在这里无法展开，只能是简单一提吧。

周新民：现在我想和你聊聊你的诗歌创作中的几个主要话题。你曾创作了“江心洲”组诗。这组诗歌被看作是你诗歌创作的代表作。你能谈谈“江心洲”组诗的创作缘起、主要内涵以及艺术特色吗？

路也：2014 年夏天，我去参观汶川县城地震遗址。六年多过去了，那里保存着人间地狱之原貌。某个偏僻角落，一幢楼房下陷了三层，在露出地表的一家严重扭曲变形的凉台上，在断壁残垣中已变旧了的裂缝和折痕之间，有一盆花竟然还活着，它吸收室外的阳光雨露，叶子绿着，小白花儿开着——那是地震之前那家主人栽种的，天崩地陷墙倒房塌人去也，这盆花却活了下来。它盛开的背景如此惨烈，但它自己似乎无知无觉，完全不像经历了大灾大难，更不像已经多年无人照料了，它自在自然自得，就打算这么开下去了。

“江心洲”组诗于我，就像这盆废墟上的花。眼看它起朱楼眼看它宴宾客眼看它楼塌了，已逾十年多。十多年过去了，我又写出许多新作，尤其写了我个人认可的《心脏内科》《木渎镇》《兰花草》《老城赋》《城南哀歌》等长诗，而这组与江南有关的组诗仍被当成代表作高频率提起，以至于额头上粘了一个“江心洲”的标签，想撕也撕不掉，想用后来作品覆盖它，也不那么容易。最近在一个朗诵会上，听到朗诵《木梳》，声情并茂，我却如坐针毡，想逃跑，后来我真的逃到走廊上去了，去外面透透气。不是悔其少作，而是此一时彼一时矣。“江心洲”组诗毫无疑问是我这个“正常人身上的疯子部分”，在年逾四十的理智之年，想到自己曾经那样过而且又展现在大庭广众之下，我感到害羞。当然这组诗是自然的真实的，它好就好在毫无做作毫无虚饰，而也正因为如此，我才更加感到害羞。

我反对把“江心洲”组诗“仅仅”定义为爱情诗——虽然它们的确写了爱情，我尤其反对将里面的内容“仅仅”解读为幸福——虽然主人公看上去的确仿佛是幸福的。类似只停留在片面意义上的正确解读，差不多等于把我看见的汶川县城凉台上那盆侥幸活下来的小花非常主旋律地解读成了“多难兴邦”“众志成城”“大爱精神”一样。

“江心洲”组诗写了近百首，发表出来的有六十首，它们当然写到了爱情，爱情无处不在。写爱情，既不伟大也不渺小，一个从来没有写过爱情的诗人，其生命至少是不够丰盈的，作为诗人，甚至是十分可疑的。某位高大上诗人在某个场合大肆批驳爱情诗，正义凛然到似乎要把写爱情的诗人统统拉出去枪毙，当时我很想站起来反驳：“你父母是穿着裤子怀上你生下你的吗？”还有比这更难听的不提也罢。历经沧桑依然纯真的人永远相信爱情本身没有错，如果出现这样那样的错误，哪怕整个事件都错了，从开始到结束都错了，那也是人在犯错，与爱情本身无关。

我个人更愿意将“江心洲”组诗看成是探讨人与大自然关系的诗作。这个国家当前的文学作品和文艺理论都过于关注人与社会的关系了，却忽视了人与自我的关系、人与大自然的关系、人与宇宙的关系、人与上帝的关系。这组十年前的旧作里最突出最醒目的背景是大自然，是有着独特人文意味的大自然，这个背景很重要，它过于重要，甚至延伸成了诗的内容本身。这里对于大自然的关注，采取的是一个恋爱中人的视角，在表达人关于大自然经验的时候，爱情在这里起到催化剂作用，使得大自然每一部分都被放大了被强化了。或者，也许，以下说法才更确切，现代技术用“偏光原理”来制作全息投影，而一双爱情的眼睛则干脆如同一台神奇的3D打印机，可以完整地——从总体到细节都充满质感地——打印出一整座长江中的岛屿：江心洲。甚至，再加上时间概念，可以达到全方位的4D效果。这样讲并非夸张，事过境迁多年以后，我又陪同一位朋友去了几次江心洲，还在那里住了一夜，再也没有找到过去的感觉，岛上景物在眼中大打折扣，感觉变得迟钝起来，如果再去写这个小岛，句子落在纸上，顶多只能呈现2D效果。

爱情如流，往事如烟。在个人生活的地震废墟上，竟还摇曳着这样一些小花——一些劫后余生的诗篇。

周新民：“江心洲”组诗的确有其独特的魅力。“给出十年时间 / 我们到江心洲上去安家 / 一个像首饰盒那样小巧精致的家”（《江心洲》），“我要把女儿生在江心洲 / 生在一棵紫楝树下，一簇野菊花旁”（《女儿》），“我打算在这里住下来 / 从杨柳依依到雨雪霏霏 / 住成一个土著，住成江心洲的人 / 住得连这里的猫和狗都听得懂我的方言 / 连七星瓢虫和蚂蚁都明白我的喘息”（《安居》），“整个江心洲，没有一棵树不会作诗 / 整个江心洲，没有一朵花不会谈情说爱”（《阳台上》）。这些诗句很打动人，所构筑的诗歌世界充满了诱人的艺术力量。你之所以能创作出这些优秀诗歌固然有你个人的思想感悟、艺术感悟的重要契机在内。你能理性梳理下“江心洲”系列吸收了哪些中国古代、西方诗歌资源吗？

路也：这个问题，似乎应该由读者或评论家来谈。因为我在写作之前、写作过程中和写作之后，都没有考虑过这个问题，就是此时此刻，也不愿意去想这个问题——而且我认为不去想是非常正常的。

我可以作为读者或者评论者去梳理别人诗歌的诗歌资源，而对于自己的诗歌，写出来，就不想去谈论它们了，尤其不想去评论分析它们，就像自己给自己写一篇评论，如果我能把自己的诗分析得头头是道，可能就写不出这些诗来了。这里面有一些不可言说的东西，说出来就会破坏掉了。

周新民：你曾说，“汉语不是世界上最科学最准确的语言，但它无疑是最富有神韵、色彩和情态并且天人合一的语言，用这种几乎是世界上最古老的语言写出最现代的诗篇，重现汉语之美，大概是每一个中国当代诗人的美好愿望”。你能阐发下你对汉语的认识和汉语诗歌观吗？

路也：从语言本身来讲，诗歌不仅能维护语言的典雅，更可以使其不断保持活力，与市井语言、商业语言、网络语言等相抗衡，不至于让语言在日常使用中变得磨损而失去光泽。诗歌语言确实存在着这样一种功能，可使黯淡的词语焕发生机。诗歌除了可以使一个人的语言保持生机勃勃，还可以使一个人对自身内外的世界保持敏锐的感受力。其实，这个道理不仅适用于汉语，也适用于其他语种，不仅适用于一个人的写作，也适用于整个社会的语言系统。

当然，我们的母语是汉语，而母语就是一个诗人的祖国，用汉语写作自然就对汉语偏爱。汉语自身存在着很多问题，比如，同样的西方哲学书，读汉语版读得不明不白，而换成英语版本竟然读懂了，这是为什么？汉语天生不适合哲学思辨。汉语还不太适合表达法律条文和自然科学原理。即使是在社交和日常交流方面，它的准确性和绅士风度也比不过英语等拼音文字。但是汉语是图像，它的模糊和歧义，也许最适合干的事情就是写诗。

在所有文体中，诗歌的文体性质决定了它一定是冲锋陷阵者，真正的诗人也一定具有先驱者的特点。在这里我用“先驱者”，没有用“先锋”这个词，因为“先锋”像“民间”一样，也被用得乱了套，每当我刚想使用它时，立刻就对它的内涵感到困惑，感到不知所云。真正的开创性的诗人不仅可以开启一代诗风，甚至还能开启一代文学之风，比如20世纪最早开启中国新时期文学的就是诗歌，之后小说和散文才得以发展。而诗歌用什么来冲锋陷阵？最直接的武器就是语言本身，它当然比小说、散文更依赖于语言本身。

而汉字的图像性质，以象形为基础的六书造字方式，使它确实比拼音文字更擅长呈现，这是汉字所独有的字思维造成的，是拼音文字所没有的优长。哲学家维特根斯坦有一次借对某一首诗的阅读，表达过大致这样的意思：很多时候不需要用力把语言背后的意思说出来和挖出来，不要认为诗一定是要试图说出不可说的，你不必打算那样做，恰恰在你不那样做的时候，不可说的东西却被说了出来。只有不去试图说出不可说的，才不会丧失任何东西，那不可说的东西——不可说地——包含在所说的东西中！维特根斯坦这个说法并不是为了谈诗，原本是借诗来谈哲学的，但却使我延伸地想到，汉语本身可能就比拼音文字更加具有这种呈现的力量，它摆放在那里，没有打算去试图说什么，却已经把那不可说的东西表达出来了。

联系进入21世纪以来具体的诗歌写作情形，在语言上，有两类不好的倾向。一类是口语化日常化到完全不加选择完全不加提炼地从生活中原样照搬，把懒惰和缺乏创造力跟所谓原生态混为一谈。另一类是把句子制造得散发着完全的书面语腔调，或者摆出一副跟国际接轨的洋腔洋调。严重者可以达到纠结之地步，恨不得把每个句子都拧成麻花，用汉语写不知所云的外国话，用言辞的云山雾罩来掩饰生命经验的贫乏和感受力的薄弱，那是原本意味贫乏寡淡却刻意把句子写得很扭曲的食洋不化的“翻译体诗歌”。

汉语诗歌中理想的表达应该是将口语写出深长的意味来，把日常化书写跟文学烈度结合起来，素朴又不失典雅。

所谓重现汉语之美，绝不可以误解成现代人学古人说话。到古典文学中汲取营养，只因那是汉语的源头。至于那种只是从外表上涂刷了一层中国传统文化意象油漆的诗歌，由于缺乏真正的内在的个人体验，或者表达方式与个体经验无法很好地相融合甚而至于是分裂开来的，食古不化，成了不伦不类的仿古典诗歌，用的是不今不古的诗歌语言，也是十分拙劣的。

周新民：我非常赞同你的这句批判，以至于我在此想再重复一下："至于那种只是从外表上涂刷了一层中国传统文化意象油漆的诗歌，由于缺乏真正的内在的个人体验，或者表达方式与个体经验无法很好地相融合甚而至于是分裂开来的，食古不化，成了不伦不类的仿古典诗歌，用的是不今不古的诗歌语言，也是十分拙劣的。"这句话对于形形色色的诗歌文体实验是警钟。缺乏个体生命体验，那些文体上的探索又有什么意义呢。我得追问你，你为什么如此强调诗歌写作中的"个人体验"？

路也：不管什么年头，不管何种名分，写作的意义，我想，首先是对于写作者个体的意义，然后还有文学本身的意义、社会意义。当然还有一个写作者可以把写作作为手段去探索宇宙之中的普遍准则和终极真理。这最后一个意义是所有意义中最重要的意义。至于写作对于写作者个体的意义，可以用哈罗德·布鲁姆谈到经典阅读时候的意思来进一步说明：增进内在自我的成长，使人善用自己的孤独，而这一孤独的最终形式是一个人和自己的死亡相遇。

克尔凯郭尔有一句话，大意是说，诗人是那样一种人，心里怀着深沉的痛苦，而嘴唇的形状却使他传达出来的呻吟听上去也像悦耳的音乐。而诗人发出的这种所谓音乐，也只能属于独弹、独奏、独唱、独舞，不可能是合唱，不可能是交响乐，更不会是团体操。

就我个人来讲，写诗是我在这个世界上用来表达生命经验和探索世界的方式之一，从目前来看，它算得上是主要方式，但不是唯一的方式。而这种方式对于我来说，只能通过书写个人经验来表达。

从某种意义上来讲，所有的经验说到底都只能是个人经验。一个好诗人在于他能把从外界获得的所有经验都成功地转化成个人经验来表达。即使写外部的社会现实，最终也都得转化成具体的个人经验才能称之为诗歌。当然在处理个人经验的时候，每个人在具体表达方式上的侧重点是不尽相同的。比如，李白和杜甫都是好诗人，由于性情不同而表达方式不同。杜甫更关注社会存在，李白更关注宇宙存在。就我个人而言，我更倾向于李白——但这丝毫没有否认或者贬低杜甫的意思。其实很多时候拿这个诗人跟那个诗人做对比，意义并不大，因为他们各自的价值恰好在于这个人是这个人自己，那个人是那个人自己，谁也不能替代谁。如果我们有不止一个李白而没有杜甫，或者我们有一大堆杜甫而没有李白，那一定是我们文学史的不幸，而我们的幸运就在于我们既有李白又有杜甫，而且数量有限，各自都是有且只有一个，还没有形成批发之势——当然那也是不可能的。我最喜欢的杜甫诗，恰恰不是当今人们推崇的“三吏”“三别”，而是他在草堂时期的那些写大自然和日常生活的作品，那些诗带有强烈的个人经验的印迹，而且写得那么鲜活。文学作品的价值在于它超出了时代的那一部分，即具有永恒性和普遍价值的那一部分，这部分很可能存在于各个不同时代的诗人的个人经验里，而不是某个特定时代的集体经验里。诗人并不是“时代”的跟屁虫，某个特定的孤立的个体的力量很可能要远远大于乌合之众的力量。

以机器和数字为代表的工业文明和现代科技使得生存日益组织化和平均化，削弱了人类对大自然和宇宙的直接感受，重商主义又使得利害大于是非，我们还没有走出乔治·奥威尔的动物庄园，又在奥尔德斯·赫胥黎预言的美丽新世界里更进一步地失去了自由、快乐和尊严。谷川俊太郎的诗里这样写道：“自己在人群中消失的日子 / 人彼此变得十分相似 / 自己在人群中消失的日子 / 人还在继续相信未来”。没错，这是一个只获取最大公约数的时代，个体因此而苦闷。如何对抗网络时代的平均主义和模板化，这是每一个诗人都必须面对的大问题。这时候，对个人经验的强调应该显得尤其重要。

从内容上来看，这种个人经验无论多么特殊，都还必须包含着超越其所处国度所处时代所处阶级之上的自由而暧昧的“那一部分”——而艺术最有价值的正是“那一部分”，即能够获得其他的另外的所有时代所有国度所有人理解的神秘的“真理”，这真理指的是古老的普遍真理。

从文字气质上来看，个人经验的处理应该以一个诗人的个人语调和个人姿势来达成。一个好诗人，一个擅长书写个人经验的诗人，他的诗如果不署名，或者即使把作者署名盖住，混放到一大堆诗里面去，也能被指认出来。

周新民：我很赞同你有关个人体验之于诗歌创作的意义。我记得你曾说过，你拿诗歌当日记写，大概也和你重视诗歌创作的个人体验有关吧。“拿诗歌当日记写”有哪些诗学内涵？

路也：这话是我十九岁时就说过的，三十岁时又说过一次，说的时候并没经过大脑，并没有包含对诗歌创作的思考，张口就那么说了，也只是随便说说而已。我经常张口乱说，说完就忘。

上初中时，妈妈和妹妹一起偷看过我的日记本，让我恼羞成怒，我至今还记得我因此跟家里人干架的情形。当然我在上初二时，也出于好奇心，偷看过一个女同学的日记本，天哪，上面写了那么多贬损我的话，她可是我的好朋友啊，我一下子给弄懵了，好几天耷拉着脑袋，而且不敢正眼去看这位女同学的眼睛，这世界怎么这么可怕？

别人偷看我的日记，我又偷看别人的日记，这岂不更加可怕？所以，上大学后住在集体宿舍里，日记本每写完一叠，我就用订书机把那一叠钉起来，最后把一个好端端的日记本订得乱七八糟，这样算是给想偷看的人增加了一点打开来的麻烦。我把写日记这件事搞得像用密码发电报，好像我有天大的机密需要保守，其实不过就是青春期女孩子的一点可笑的小心思而已。后来我想开了，为什么要写日记呢，完全没有写这些东西的必要啊，又没有人逼迫，我为什么要把自己的心思写出来，备份在那里，等着有朝一日被偷看呢？

防止日记被偷看的最好的方法就是不写日记！所以我决定从今往后永远不写日记了，于是从大学二年级开始，我真的没写过一种叫作日记的东西。

自从不写日记了，便开始写诗，把一些莫明其妙的心思都写进诗里去了。在那时的我看来，诗是这么一种东西：可以光明正大地搞阴谋诡计，每一个字都是蛛丝马迹，却让人找不到切实证据。

现在看来，这个话即便不是多么正确，也算不上有太大错误。如果一个人的诗不相当于日记，而是打算专门写给他人或者评论家看的，那一般不会是好诗。当然，诗这种日记不同于一般的日记，而是一种特殊的日记。

周新民：你曾写过一篇《郊区的激情》的随笔，畅谈你的心路。"郊区的激情"也可以看作是你诗歌创作的总体精神。你认可吗？"郊区的激情"的内涵是什么？有何意义和价值？

路也：当时写这个文章时是当作一篇创作谈来写的，写着写着却不小心写成了一篇散文。当时主要写的是我的生存状态与诗歌的关系，全文从自然环境开始写起，写我从小到大总是居住在一个城市的郊区，在既不是城市也不是乡村的地方。原本是实写，但是写着写着就好像这"郊区"概念成了一个隐喻，现在看来，它的确是一个关于"边缘"的隐喻。

在这个信心高涨、永远一往无前、总是活在下一个星期的社会里，我羞怯，软弱，犹豫不决，自我否定，懒散，磨磨蹭蹭，个人意志涣散，缺乏强势气场，喜欢躲在边缘和角落，无论如何也"牛"不起来，扮演不了女神或女巫，常常陷于四面楚歌，充满热情地站在十字路口却不知道该往哪个方向去。然而与此同时，又相当矛盾地携带了强烈的对抗型人格，是一个反集体主义者，做梦都不曾"团体"或"流派"过，对于概念化标签和群落划分一直保持着警惕和质疑，不认同归属，不愿站队站成不归于杨即归于墨，反对以任何整齐划一的嘹亮和高亢来消除哪怕是最细微的个体的差异。

我的社会身份是教书匠，“诗人”相当于我的外号。我生存于把搞学术当成刨地瓜、以发表论文和申请课题来换馍馍吃的新时代的高校环境里，市井之气弥漫六合。在如此背景之下，诗歌自然无法帮助我前进和冲锋，甚至，我只能后退，永远后退，一直退到再也无法后退为止。我的一个密友经常用一个词来形容我这个人：“窝囊。”我承认在当今社会里我活得确实有点儿窝囊，凡事不思进取，差不多就是一个窝囊废。

我平时就窝在家里，除了去家附近爬爬山，治疗一下我的低血压，几乎不下楼。生活就是如此封闭，这样下去，久而久之，导致我出门见人时总是举止笨拙，表现恶劣。后来，甚至发展到在社交场合几乎不会说话了，见了人总是不知说什么才好，心里的想法都表达不出来，更不懂得如何寒暄，往往是该说的不说，不该说的却说了,说话时像个疯子,不说话时像个傻子。我努力改进却收效甚微。所以，最后干脆不努力了，尽量避免出门去见人，不给自己丢人现眼的机会。我在这方面是非常消极的，消极到底了。

但是，我非常适合私下里的交谈，常常跟极好的闺蜜聊天。我掰着手指头数了数，在这地球上能够和我这样无话不谈而且谈得兴高采烈的人,目前有四个半。我们大多数时候是在电话中聊天,偶尔，她们也会从远方过来，我们聊通宵，什么都谈，彼此抢话说。跟谈得来的好友聊天是智力上的享受，一眨眼就深夜了，就天亮了，那时真的就理解了相对论。

虽然平日里不出门，但把自己闭关几个月后，就想出远门，去远方，越远越好。我喜欢旅行，有天赐的出远门的机会总是好的，我很珍惜这样的机会。如果没有这样的机会，我就想一个人四处走或者带上我妈妈一起去，我喜欢那句诗：“我来到这个世界为的是看太阳 / 和蔚蓝色的原野”。

无论在哪个或大或小的环境里，无论从哪个范畴来看，我都“不幸”成了一个边缘人。日常生活习惯、看待事物的视角、与人交往的过程、思维方式、写作和阅读的焦点……几乎一切都具有了边缘的特征。这绝不是有意识地追求，我从未追求过，一切都是万不得已地成了目前这个样子，我只能说，这是命运吧。

有一阵子我很喜欢蕨类植物，还写文称赞它们，似乎有自比之嫌，也许像蕨类植物一样唯有待在角落里，才踏实，才算活得好。我养过好几盆铁线蕨，因为几乎永远想不起来给它们浇水，终于都养死了。

我还要进一步说明一下：我不喜欢自己，我从来不喜欢自己，尤其是不喜欢这样的一个自己。我已经尽了最大努力去改变这种病态的自我封闭，但是努力了小半生，还是失败了。我现在的状态只是在失败之后的自暴自弃而已。当然，随着年龄的增长，在我内心深处，这种状态渐渐地又仿佛变成了一种享受，这很奇怪啊。

周新民：诗歌、散文、小说几种文体你都有所涉猎。你曾说过：“小说或者散文更像是离家出走，而诗歌却像籍贯和出生地。”你这句话包含了对于小说、散文、诗歌这几种文体的理解。你写作时，选择某种文体来写作的标准是什么？

路也：我是一个三心二意的人，一个由着自己性子乱来的人，对哪种文体都不够忠贞。我对这三种文体都喜欢，阶段性地热爱，来回穿梭着热爱。对于同一事物，用哪种文体来写更适合，就选择用哪种文体。实际上，在相当长的时期里，我往往会分别用诗歌、散文、小说来把同一事物各写上一遍，这样全方位地满足写作快感。

所以我对诗歌一直很愧疚，我对它实在不够忠诚。从2009年开始，我决定以写诗为主了，到底能不能真正做到，我并不知道，就顺其自然吧。

是的，我曾说过：“小说或者散文更像是离家出走，而诗歌却像籍贯和出生地。”应该是这样。这只能说与性情有关吧，我的性情更接近诗。随着年龄的增长，这种情结或倾向更严重了。如果不是虚构得极好，还不如不去虚构，而去写实；如果仅仅是美文而无思想筋骨，散文随笔也可以不必写太多。我丝毫没有贬低小说和散文随笔的意思，实际上，我曾经将绝大部分精力都用在了写作小说和散文随笔上。迄今为止，仅从字数上来看的话，我写的小说远远多于诗歌，写的散文随笔也远远多于诗歌，直到今天，还是写散文随笔写个不停。

至于选择哪种文体来写作，在我全是由着性子来的，没有标准。我是一个很随意的人、反秩序的人，只是在读书的间隙里，兴致来了，写那么一点儿东西。想写小说的时候，就写了小说；想写散文的时候，就写了散文；想写诗的时候，就写了诗。

除了诗歌散文小说，我甚至还写了近二十万字的文艺评论文章。当然，我写评论纯属玩票。有人认为我写的文学评论过于活泼俏皮，不肯哭丧着脸，拿到学术刊物上去发表，等于是一粒老鼠屎坏了一锅粥，有损人家刊物的威严格调。

我好像永远都没什么创作计划，连日常生活计划和人生计划也没有。“做一天和尚撞一天钟。”我很欣赏这句话。这句话在我看来是很积极的人生态度，既然还在做着和尚嘛，那就得去撞钟啊，去也得去，不去也得去，如果光做和尚却不肯撞钟了，那就是失职了。所以这是劝勉我们要坚守个人岗位的一句话——这漫长而短暂的人生，也算是一个不得不坚守的岗位吧。